拾穗的人生

諷刺幽默反思

虞和芳 著

Family Sky
天空數位圖書出版

謹將此書獻給我恩深如海的

父親　虞　悅　　先生

母親　竇桂英　　女士

和可愛靈巧的幺妹

虞和芸　女士

以聊表對他們在另外一個世界的思戀之情

目次

第二章　心靈的拉圾出口

第六章　處處相連

缘起

拾穗的人生　諷刺幽默反思

小時候聽到父母在讀“拾穗”“讀者文摘”，等書和雜誌時，不時發出微笑的聲音和討論，知道他們從書中得到不少的樂趣。

在我們家中，雖然父母很嚴肅，不過有時還是會跟我們說些好玩幽默的話，逗我們一笑。

有次父親說：我是天下第一大好人。

我問：那麼媽媽呢？

父親回答：媽媽第一，我第二。

我們上高中後，父親建廠的錢，全部還清，家庭環境改善。父親從石油公司嘉義溶劑廠的新研發，得到台灣的科學獎，台中的東海大學，請他兼課。父親還受到美國公司，來嘉義溶劑廠參觀，並且邀請他去美國。

他回來後，帶來客廳中的一個白色的地毯，不准許任何人在客廳吃東西。

我就問：那麼媽媽呢？

父親回答：媽媽是唯一一個例外。

父母親的一生曲折離奇，他們在富裕家庭中長大。父親有不少的新發明。抗戰時，發明新法，大量的製造酒精，用於工業和取代汽油的酒精。他建廠出產，在四川有資中酒精工廠。哥哥姐姐在那邊出生。後來遷到福州開酒精廠，我在那裡出生。

父親的酒精工廠賺了好多的錢，後來遇到通貨膨脹，幾乎全部損失。

家遷到台灣，父親繼續開工廠，肥皂廠，磚瓦場，醬油，醬色等工廠，可是因為不諳銷售，產品沒有足夠的市場，節節敗北，以致賠錢負債。

那時王婆婆管家中一切家事烹飪，我們三個兄妹上中學，幺妹剛上小學一年級，我們三人中午的便當，合分一個蛋。過生日的人，才有特權，在早飯時得到一顆蛋。

對於王婆婆我們十分感激，我寫過好幾篇文章懷念她。

母親在嘉義女中教書，我們兄妹不用付學費，而且每人都有寧波同鄉會的獎學金。父母雖然兩人都做事，賺的錢，卻要還債，每次當寧波同鄉會的獎學金下來的時候，母親鬆了一口氣，又可以多還一筆債。直到債務還清後，我們家的生活才改善。

因此當我在德國經濟情況允許後，就在台北寧波同鄉會設立一個紀念父母的基金，利息作為給同鄉子弟們的獎學金，這只是一點小小的回饋，對父母和寧波同鄉會的感激。

雖然家庭有一段清苦的日子，可是父母相敬如賓，教養我們小孩，以身作則，從來沒有聽到他們吵過架。這樣我們小孩都能夠在和諧環境下生長。家境一度清寒，知道節儉，知道學問的重要，要好好讀書。

幺妹出生後，跟我們的年紀差了一大截，我們都很喜歡她。她非常的靈巧，在她出生後，家中有另外的一種情趣。

幺妹很聰明可愛，她比我小 6 歲，不大喜歡唸書。小時候，我是她的小姊，么妹喜歡吃零食，喜歡玩，她的零用錢用完了，就來問我想吃什麼，她要當跑腿為我買來，我們一同分享。這樣我逮到機會，就要她聽話，不准她亂玩，她得好好讀書，她滿口答應。可是一當我見她又要出門找小朋友玩，不肯讀，要她背唸的唐詩時，她就又反抗，不聽話。雖然她並不愛讀書，她在嘉義女中的成績很不錯，考上台大。

么妹嘴巴很會說話，有次父親開玩笑說：男人要娶年輕的女人，因為女人會早老。么妹立即反駁：應該妻子年紀比丈夫大，因為男人會早死。父親說她“狗嘴裡長不出象牙”，她回答“虎不生犬子”。 這些都是人生中，一些小小的拾穗樂趣。

這本書，收集的是 2011-2016 年人生的另外一面記載，那是在生活中偶然出現的一些幽默，諷刺，反思，談論的小小片段。

思念父母和逝去的妹妹，將此書以父母常讀的雜誌“拾穗”，么妹在家中的一段幽默的話語，作為此書的緣起，並將此書獻給父母，么妹在天之靈，若是他們能夠讀到此書，想會有些地方也笑出聲來。

前言

這本書是盡量按照日期來排列的，它所呈現的，不少跟當天發生的事情有些蛛絲馬跡的關係，衍生出來的即時記載和靈感。如在一個時段內，可能探討的事，有些類似，如法國大革命。

每章我設立一個章名，提出此章特別著重的主題。

有時在一連串的幾個文件前後，在它們的前面設立一個標題，下面幾篇列為其下的小標題。

期望這本書，能夠帶給讀者一些樂趣，“笑一笑，十年少”。

第一章　愛情至上

吝嗇鬼跟別人減肥的不同　26.1.11

他：妳知道吝嗇鬼跟別人減肥有什麼不同？

她：會有什麼不同？

他：別人減肥，會買瘦身的衣服，而吝嗇鬼只買褲吊帶。

她：我看見的吝嗇鬼都是瘦的，他們連吃都吝嗇，根本用不著減肥。

你值得我愛？　1.2.11

他：妳愛不愛我？

她：你值得我愛？

他：當然，否則我們不會結婚。

她：既然你知道了，那你又何必來問我。

他：我要聽妳的再度確認。

她：好，我愛你。

他：從什麼時候開始？

她：從現在。

他：難道妳以前不愛我？

她：那是以前的事，你不是說要聽我的再度確認。我不是向你確認了。

他：難道妳只是以前愛我，現在愛我，而中間的階段不愛我？

她：你對我不好的時候，表示你不愛我，難道你以為那一刻我會愛你？愛情是互相相對的。

他：我一直都愛妳，即使當我跟妳發脾氣，或是妳跟我吵架的時候。

她：我才不相信你的這句話。那時你恨恨的說，你要離開我，不要再見到我。

他：那只是氣話，我不是又回來了，這說明我一直愛妳，不管妳怎樣的對待我。

她：這是你的邏輯，跟我的不同。

他：換言之，妳在說，妳不愛我了。

她：我沒有這樣說。這是你的推理。

他：那妳愛不愛我？

她：你說的對，愛情需要一再地確認。我要說，你愛我的時候，我也愛你，你對我不好的時候，就不配我愛你。

政治面面觀　6.2.11

A　那種口中讚美共產主義教條，而本身卻不願意共產主義當權的人，這是哪種人？

B　我猜不透。

A　這是妒忌的人。

B　為什麼？

A　因為這是他們本身在自由社會內，有了一點小成就，也積蓄了一點的錢，有個小房子，他們算是小康，卻不是共產主義的尊崇者。他們口頭喊著共產主義的理論，是妒忌那些比他們有成就，有錢的人，所以見了他們，口頭上以共產主義來攻擊他們，希望充公他們的財產；但是自己的財產卻不願意被充公，這是他們口頭所說，和內心要保有本身的利益的心理相衝突，所以他們口頭所說和內心本質不相符合。這正是這種妒忌者的一種典型的表現。

適得其反的功效

—中國政治家A和國外民主政治家B的對話　6.2.11

中國政治家A：中國目前最重要的事，是發展經濟。

國外民主政治家B：但是民主政治不可缺少。

A：民主政治有很多缺點，不適合現在的中國。

B：民主政治是先進國家必走的道路，不能把人民永遠隔離在自由民主的範圍之外。

A：中國有句俗話「民以食為天」，中國先要解決中國人民的需要，讓經濟發展開來。

B：沒有民主政治和自由市場的經濟是沒法發展成為富裕的國家。

A：中國現在施行的是自由市場。

B：這還不夠，還需要民主政治。

A：強迫的民主政治國家，沒有一國落後的國家能夠富強起來，像突尼西亞，埃及，伊朗，都變成一片混亂。

B：可是歐美的富強國家，都是實施民主政治。剝奪人民的政治權利，是不尊重一國的人民，不是一個先進國家應走的道路。

A：中國不能模仿歐美所行的道路。我們所走的路線是對的。試想，中國正往可能富裕起來的路上走，還有大部分的人，生活不夠好，現在行起民主政治，他們會選舉真正的共產主義，豈不是適得其反的功效？

誰想要清肅世界，很快的自己就會被染上一身髒　16.3.11.

歷史上有一些要改造世界，肅清世界的積極份子，他們的出發點未必是壞，但是太偏激，忽略人性的問題。而人性有很多的缺陷，要肅清這類的人，不得不極權，不得不清算鬥爭，變成革命，變成仇恨，變成殺戮，造成社會動盪不安。最後染上一身腥，如宗教時代的再洗禮國，德國的納粹。

對世界不滿，實行改革，從教育上著手，從宗教的仁愛出發，這是一條長遠的道路，這也是“十年樹木，百年樹人”的體現。

皆大歡喜　16.4.11.

不少人想當總統，何必去競選？這對落選的，精神打擊太大。那麼叫所有總統競選者，都當總統。政府反正需要不少人為它服務，他們都拿到總統的頭銜，這才是真正的皆大歡喜！

爲什麼隱者留長翡鬚？　21.4.11.

A.　你知道為什麼隱者留長鬍鬚？

B.　他們隱居了，不在乎別人的批評，把穿著都視為身外之物。

A.　不對，因為他們沒有鏡子。

B.　我說的對，他們不需要虛榮，不需要照鏡子，照鏡子就是愛美，就是虛榮，他們把鏡子都視為身外之物。

A.　不對。因為他們不願意看到鏡中的壞人，醜人。

B.　你怎麼知道？

A.　因為我曾經是一個隱者，要獨自清高，所以離群而居。後來我發覺，我跟世俗的人一樣壞，不配做隱者，所以我又回到人世間來做一個矯揉造做，剃掉鬍鬚，打領帶的凡人！

B.　你還是強人一等，至少你看穿了自己和別的凡人。

很有意思，一環接一環　30.4.11

這兩天來，我在寫 Hippocrates。找出了好多資料，還讀到蘋果子有毒，這對我們來說，是一個很好的警告資訊，因為我們吃蘋果時，都是連子一起吃的，我是學他。

從 Hippocrates 那，讀到 Democedes 然後又讀到以前一直聽說的

Polycrates。

這些有名的人物，通常不會將他們聯在一起。但是透過Hippocrates將他們以醫學的串連體系，跟當時的人串連起來，真是一個接一個的資料，越找越多，又都是那樣的有趣，真是應接不暇，真覺得時間太少，不夠使用。

明天還要再繼續的工作。真是沒有閒情做別的事情。

世界滅亡

一名工人對其他人說：“今天世界要崩潰滅亡了！”

其他的工人諷刺他：現在是下班的時候，讓我們盡情的去享受清閒，去啤酒店喝啤酒吃晚飯。管什麼今天世界滅不滅亡。

博士生的教授

在博士生的考試中，一位考官翻了一下博士論文，很驚奇的說：怎麼搞的，論文中，只有白紙，什麼字都沒有。

博士生的教授回答：“很好，至少沒有人可以說他論文犯了錯誤。沒有人可以說他的論文是抄寫的。”

（這是看到德國一再有博士論文是抄襲，而吊銷博士頭銜，這對政客來說，是很不榮譽的事，如德國防禦部長Gutenberg，就因此必須辭職，我們談到此事，他靈感一動就說出這樣一個諷刺笑話）

能夠長生？　11.5.11

曾經有一度，有人期望永久凍結，以便幾千年後解凍時，再生。有求就有應，有公司成立凍結人，付錢後，按照所需凍結的日子解凍。有些人，要求長期凍結，以便日後新的醫藥發明，能夠治癒他們的疾病。有些人，就是希望以後還能夠日久解凍後，繼續生存，有各種不同的人，不同的動機，要求透過長期或永久凍結來得到永久不死的可能。

對於這件事，我們談論，有幾則諷刺：

這些人要求永生的期望心理

A：寧可先放棄生命，來得永生，可是誰能夠保證達到這種永生妄想的實現。

B：他們不去想想，或是停電，他們的屍體解凍，就白早死了。

遇到飢荒

也許人類遇到飢荒，把那些冰凍的人解凍，他們即使被分屍當肉食煮，可能難吃的很，而被人當垃圾倒掉。

Kanibal 食人者

5000年後，Kanibal吃人的人，解凍後，就先吃掉解凍他的人。

壞的食品和壞書　21.5.19.

壞的食物腸胃受損。

壞書使人頭腦受損。

我們只出一半的價格　8.8.11

考慮到在法國買一個古堡，這樣可以解決我們的 Mausoleum 的問題。

他又再找法國這類的古堡。

有些價格高到 3 百萬歐元，有些 1 百多萬，有些是在 50 萬歐元。可見得，那些高價是太高的價格。

我們說一定要將這些高價，殺價到一半。

他說：「若是房地產經紀人問我們，要找的房地產的價格時，我們乾脆就跟他說，我們找的房子只出原價一半的價格。妳猜房地產經紀人會怎麼做？他一定就會把原價抬高一倍，然後說，此價已是一半之價。」

Buffetsmus　17.8.11

Buffet 說明他感到羞慚，因為他有錢，他捐贈財產給慈善機構，以便削減他的罪惡感。但是他年年都列在美國前三名首富的名額。

這種假惺惺的話語，是在討好他的顧客。他是代表顧客的兩種互相矛盾的心情，可說他有兩種 front 的心態。

一是那些給他錢財保管的人，心中不願意看到比他們高高在上的大富翁，於是他說，他把錢全捐給慈善機構。另外一方面他的顧客，希望投資 Buffet 的股票，能夠賺到大錢，所以高興 Buffet 是名列美國大富翁之列。

這是兩種心態造成 Buffet 的言論前後矛盾。

但是這正是美國一般有錢人的心態。因此 Buffet 才會做這種媒體的公開言詞。

有人以 Buffet 之例，來做諷刺：「我要在德國付高稅，可是我不住在德國，我寫信給德國政府，我要付德國的稅，但是稅局不理。我想在德國租個房子，以便我能在德國賦稅，可是我沒有時間到德國，這樣等於欺騙，與事實不符合，我真是在進退兩難的情況，我痛苦異常！」

這是諷刺 Buffet 的一段假惺惺的話語，稱之為 Buffetsmus。

放棄自己沒有的金錢和權利，表示自己謙虛　18.8.11.

Ich bin genauso begabt und musikalisch wie Mozart, nur habe ich keine Zeit zu komponieren.　20.8.11.

「我是跟 Mozart，一樣有天才，只是我為了生活，沒時間來作曲。」

「我只是犧牲自己去飯店吃飯，讓飯店能賺錢為生，這是我肥胖的原因。」

藉口誰都會找。

那些故意說明放棄自己沒有的金錢和權利，表示自己謙虛的人，這只是在批評別人，顯得自己清高。

放棄自己沒有的金錢和權利，是一件很容易的事，說此話的人，知道自己沒法賺到大錢，來服務眾生，而卻拿這種話，表示自己謙虛，它正投射出此人，一直圍繞著錢在轉，同時妒忌別人有錢，能拿出捐獻，因此才會說出這樣的話。

Steuerschuld「稅債」／稅罪，Sozialleistung 社會貢獻

19.8.11./20.8.11.

這兩個字，看出德國是如何對待付稅的人們。

Steuerschuld 一字，是對納稅人的稅的定名。它來自兩個字的組合 Steuer 為「稅」schuld 為「欠債，罪」，稱納稅人的所付稅款為「稅債」／稅罪。換言之這是納稅者所欠給社會國家的錢。

他們付稅，有的高到近 50%。

這是他們的對社會的貢獻。社會不知感激，以這種名詞加在他們付給社會的貢獻，這是對納稅人的不敬和睥視。這跟二戰時，納粹對待被剝削者的態度一樣。當時納粹充公猶太人的錢財，殺戮猶太人，就是一種先將猶太人定罪，來侮辱他們，然後進行一步步的謾罵、污辱、壓迫、傷害、剝削、最後殺戮他們。

德國所用的 Steuerschuld 這個名詞很不好，看出德國人對他們貢獻的人的忘恩負義。

不工作的人，不必負這種罪，也不欠國家的錢，而一當辛勞工作，賺了錢，就隨之而來欠了債，負了罪。

以這種名詞來對待辛勞工作的人，以這種罪名來壓迫納稅者，這是太過份了。

相反的 Sozialleistung 這個字，是在討好拿救濟金的人。

這些人沒有工作，對社會沒有貢獻。只有仁慈的社會，只有有能力付高稅的納稅者，才能讓社會上能夠供養得起那些不能自立或是偷懶不工作的人。

Sozialleistung 是由兩個字構成，Sozial 指社會 leistung 是貢獻的力量。Sozialleistung 兩字連起來為社會貢獻。拿救濟金的人，有什麼貢獻？而要用社會貢獻來稱呼。

有人會說，這是指社會貢獻給他們。但為什麼用這種「貢獻」一字來形容領救濟金不做事的人？而不用此「社會貢獻金」來形容納稅者的付稅之金？

若是合理的稱呼，稅應該稱為社會貢獻金。而救濟金應稱為社會救濟金。

這樣才是名符其實的命名。

德國對減稅提議的反應　19.8.11.

德國現在討論要減輕中上階級人的稅，找出不用付Solidarischzuschlag，這是德國人為了當初扶助東德發展的特加稅，它是在所付的稅上，再加上5%。

當這個提議提出討論時，SPD反對，說這種減稅，對不用付稅的人是一種不公平的待遇。

那些不用付稅的人，不去感激付稅人，反而拿這種話來加以批評反對。若是大家平等的話，為什麼有些人要付稅，其他的人不用付稅，白白的享受別人的勞苦，還來罵養活他們的納稅人？而付稅的人，處處被罵，被剝削。

德國稱付稅之款為 Steuerschuld 稅的欠債罪。而稱拿取救濟金之款為 Sozialleistung 社會的貢獻。這種顛倒事實的命名，說明出這是一個什麼的世界，是一個對納稅人的勒索，壓迫，不友善，忘恩負義的世界。

有人寫了一個故事，10個人組織一個 club，每星期大家一塊吃飯，付款是自願，大家吃一樣的飯，按照每人的能力出錢。有7個人不付錢，都由那另外三人付款。

每次他們聚會時，那7個白吃飯的人，還大肆的罵那三個出錢的人，說他們有錢買汽車，這是不公平，又抱怨沒有給大家多吃好一點的飯，直到那三個付款的人退出這個 club。

「有錢出錢，有力出力」這是很合理的制度。可是那些不肯出力，只得到好處，拿取付稅人的救濟金卻又來妒忌有錢的人，來謾罵，來批評。這種對出錢者不知感激的態度，讓那些有能力的人，不願意自願的出款貢獻，這對整個社會的國民經濟是很不利。

會批評別人的人　20.8.11

AB 兩人一拍即合，他們不停的講自己的經驗來批評別人。

A：我認識的小王，對我老是板著一個臉，可能我想他對我不懷好意。

B：那個小李，對我畢恭畢敬，處處諂媚我。我想他也是不懷好意。

A：我託朋友幫我在美國的小孩帶件冬衣，他卻回絕，說他行李裝不下，而去年我去美國時，幫他的兒子帶了一個電鍋。那人真不夠朋友。

B：我託一位朋友幫我女兒帶一個項鍊。他欣然答應，可是卻沒交給我女兒，他說路上遺失了。

A：我有個朋友從美國來，在我家住了三個星期，離開後連一張謝卡都不寄來，簡直是忘恩負義。

B：去年有個澳洲來的朋友，在我家住了一星期，不斷的致謝，今年他的女兒又來我家住了兩個星期。原來他的致謝是有所待。

A：我有個學生，我處處提拔他，後來得知，他在別的學生面前老說我的壞話。

B：我認得的一位朋友，他當大學教授，有個女生對他非常的尊敬，討好他。他給她好高的分數。為了她，他跟髮妻離婚。到她畢業後，他沒有再利用價值，她即把他一腳推開。

A：我的小孩，我對他們孝敬備至。他們的母親死了後，他們連回國送葬都不曾。

B：我的小孩對我們的交代都是表面敷衍。我們生病時假惺惺的來問候，其實他們是在虎視眈眈的等著我們死去，好盡快的瓜分財產。

AB 兩人越說越激昂。最後他們一致認為，全世界只有他們兩人是好人，其餘全是混蛋。

對多管閒事人的答覆　20.8.11

許多剛認識的人，想要探聽對方的底細，以便對對方做衡量，或是認識的人，還想多知道對方的情況，滿足好奇心，這些提問，都不見得帶一番好意。下面舉一些對這種問題答覆的例子，最好以問題回答，讓對方知道，所提一連串跟他毫不相關問話的多餘，以便杜絕這種繼續的無義意，非善意的發問。

問：你的職業是什麼？

答：你是職業介紹所？

問：你的房子值多少錢？

答：你想買此房子？或是你是房地產經紀人？

問：你有多大年紀？

答：你是戶籍調查人員？

問：你有沒有小孩？

答：你辦幼稚園？

問：你小孩結婚了沒有？

答：你想給我的小孩做媒？

問：你這間房子有多大？

答：你是賣地毯的？

問：你暑假要去哪裡度假？

答：你開旅行社？

三個寧願死掉的人　20.8.11.

A　你為什麼那麼的憂愁？

B.　唉，我想到我的年紀那麼大了。

A.　可以想像，年紀大的人，會為面臨的死亡擔心。

B.　不，我不是為我擔心，而是為年輕一代還在活的人擔心。

A.　為什麼？

B.　設想我死了後，天下就沒有像我這樣聰明的人存在，在這樣的世界，我寧可死掉。

＊＊＊＊＊＊＊＊＊＊＊＊＊＊＊＊＊＊＊＊＊＊＊＊＊＊＊＊

A.　你看起來那麼的悲傷，為什麼？

C.　我年紀大了，快要進墳墓了。

A.　能夠了解。那你是擔心死亡了？

C.　不是。我擔憂的事，是我死後，世界上沒有另一個好人。在這樣一個沒有好人的世界，我寧可死掉。

＊＊＊＊＊＊＊＊＊＊＊＊＊＊＊＊＊＊＊＊＊＊＊＊＊＊＊＊

A.　你為什麼那樣的愁眉苦臉？

D.　我想到，我行將就木，就不禁不寒而慄。

A.　可以了解，你為後世的人擔憂。

D.　可不是。我死了後，還有誰那麼能幹，來治理天下？這會成了什麼樣的一個世界？想到這樣沒有我的世界，那麼我寧可死掉，不要生存在這樣一個可怕的世界。

去掉煩惱的好方法　20.8.11

一位白手起家的百萬富翁，辛苦一輩子，總算積蓄了一百萬歐元。

可是在 2008-2010 年間，因為購買股票失算，丟掉了一半財產。

他煩惱得很。

這時旁觀者看到，幸災樂禍的說：「你煩惱什麼？真是白煩惱，為剩下的錢煩？多划不來。丟掉一半，少了一半煩惱。剩下的一半，正好繳稅繳掉。這樣是去掉煩惱的最好方法。你沒聽過，無官一身輕，無財兩袖輕，跟我一樣，兩袖清風，何樂不為！這是去掉煩惱的最好方法！」

慈善事業變成作秀企業 20.8.11.

這是美國人捐款來行善的作風。

捐款是做出來給人看的。所以有搞出花頭來開派對吃飯。次日登出來，誰在此餐中捐款最多。而半數的捐款，由組織機構消費吞掉。

歐洲的傳統，誰要捐款，默默的捐出，不必開派對，不必上報紙。做好事，是誠心去做，捐多少錢，就隨自己喜好和能力捐款，不必擺樣子來給別人看。

在美國好像不開派對，不大吃大喝一場，不在報紙上刊登出來的話，就不能做好事似的。這樣把捐款當作企業的進階，這是太囂張了。

那個會高聲說教的作家　20.8.11

A：好多人會拿道德話來說教，這些人都是假惺惺的道德家。道德要從本身做起，是對自身的一種約束，而非對別人的說教。

B：可是小孩學生們要有人對他們教育，說些該做的道德話。

A：當然，父母、師長、牧師、神父、作家有義務要跟他們教育的人說道德話，但是他們要以身做則，他們本身的身教和言教要相一致。

B：我認得的一個作家，很會說道德話，可是他除了髮妻外，還有一個女朋友。

A：你說的不對，你這是小看他，並不認得他。

B：你指的是什麼？

A：那位作家不只有一位女朋友，他有三位女朋友，而卻高唱愛情至上，道德為先。

每人所說的話，都是等於在說他自己　20.8.11.

每個人說的話，不管是正面或反面，都是等於在說他自己。

從他所說的話，即使不是在說自己，而是在批評別人，可看出他的道德修養，興趣偏向，他的人格道德。

人的言詞，有正面的，如：我喜歡某人。我崇敬某人。也有反面的對人的批評，如：某人那麼有錢，卻是吝嗇鬼。我才不希罕金錢。我才不願意留名。

這些反面的話，正說明，他羨慕那人的有錢，羨慕別人的留名。他處處觀察這點，可是因為他辦不到這些，他就將它魔鬼化，而加以否認其價值。其實他正是渴望金錢和名利，只是因為得不到手，將它翻轉過來，成為一個反面的投射，這是照片交卷的負面。從表面上看，它是黑漆漆，可是當它洗出的照片，卻是正面的顯現。

因此從一個人所說的話，不管是避重就輕，不管是反面的否認拒絕，都在說明他自己。

幸福能用錢買到嗎？ 21.8.11

E. 幸福能用錢買到嗎？

F. 不能。幸福是一種精神的領域，你怎麼能拿錢來衡量？

A. 可是你不是說，你二月裡，去旅行社訂到去泰國旅行的機票，住最豪華的旅館，你回來後感到好幸福，能有這樣的一番經歷。

B. 固然我花了錢，可是幸福之感是在我的心裡。

A. 若是你沒錢去旅行，去住豪華旅館，你何來這種心內的幸福感。

B. 你不是法官，我不是犯人，你沒有這樣拷問我的道理。

錢的投資方式　24.9..11

有一個人在大街上撒錢。

別人很感奇怪，想知道為什麼，這人這樣做。

他回答："我銀行的顧問總是對我說，投資資金時，必須以資金散佈的方式來投資。這是我在做散佈資金的投資。"（這是諷刺，銀行顧問要人投資在不同方面，如股票，股票購買不同的公司；債卷也是購買不同的債卷）。

錢的幻想和眞實價值　30.9.11.

錢是實質的擁有財富，這是一種真實的現實。

但是以為有了錢，就有了錢的安全和保障，這是一種內心的想法，而非現實的真實，這是幻想。因為錢隨時可以失去，錢的價值可以貶值。要維持既有的錢的價值，得要花很多的精力功夫，才能保住錢的價值。

毛老師的諷刺話　28.9.11

毛老師的話，時常又幽默，又帶著諷刺。

今晚他說了不少令人好笑卻又不知是讚美還是諷刺的話。

他跟多多和我們開玩笑

毛老師問多多：妳怎麼沒有多給我剝蝦皮，還說是教師節。妳自己吃了多少？

多　多：我吃少的話，你說我假裝，吃多的話，你說我沒有教養。

毛老師：妳還會吃少？妳從來沒有停止吃過。

多　多：你當心我送你的飲料內會加東西進內。

毛老師：只要妳肯多為我剝蝦皮，我就不怕妳毒我。妳怎麼回家？

多　多：我開機車回家。

毛老師：妳找對象的帥哥要什麼樣？

多　多：要身材高的。

毛老師問邱老師：你有多高？

邱老師：181 公分

毛老師：我才 175，沒人會要我。妳有修邱老師的課？

多　多：有。

毛老師和我們的對話

毛老師：彥羽你們男生要小心了，叫女生別選邱老師的課。

邱老師：笑話，我找不到女朋友結婚。

毛老師：你用不著結婚，就會先生一個小孩。

你的女朋友呢？我反問毛老師。

毛老師：我找不到像虞老師那樣美麗又有智慧才華的女子，所以我沒有女朋友。

這句話，一年前他也曾這樣跟我開過玩笑。

我回答：毛老師別來這樣諷刺我了。

毛老師：我說的是真話，沒有一位學生的氣質能比得上虞老師。

彥　羽：虞老師保養有素。

毛老師：你這是什麼話，虞老師是天生麗質。

毛老師問我旁邊坐的女生：妳叫什麼名字？

她回答：萍萍。

毛老師：妳為什麼老跟多多在一起？

萍　萍：因為我們班上只有我們兩位女生。

邱老師：她們住在一起。

毛老師的觀察

毛老師：你怎麼這樣的來觀察學生？

彥羽你們千萬不能選邱老師的課，他會觀察你們的私事。

少看見的女生，妳就把她當作男生看待。

我說：班上還有一位叫真真的。

萍　萍：她很少來班上，我們很少看見她。

毛老師：那麼少看見的女生，妳就把她當作男生看待了！我聽說昨天好像有某位老師撲到妳身上。

萍萍回答沒有。

毛老師：可是我聽說好像有過這樣一件事。

萍　萍：只有信義學長見了我說：妳是個美女。我嚇了一跳，往後退了幾步，我想，這位學長怎麼會那樣的輕浮。

車子開進了大門，邱老師問多多的摩托車停在哪裡。

毛老師說：你怎麼能先送小美人，你該送大美人先回家。

我沒有跟毛老師多辯別，就請邱老師把我載到學海堂停車場。

我說這樣毛老師也可方便返回雲水居。

毛老師說，他不住在雲水居，難道他搬出去到外面住了？

左右雙方倒的獨裁者　29.9.11

在20世紀後半期的冷戰中，左右雙方倒的獨裁者，都可以在自己的國家內盡情的收刮國內的子民，人民沒有反抗的力量。西方大國不能過問懲罰。

到21世紀，冷戰明顯的結束，那些要往左右有靠山的獨裁政權，因為世界政局的轉型，沒有靠山。

東德的總理 Honecke 要逃到蘇聯去，對方不接受。

在這期間，世界各地專制政權下的人民，民主意識逐漸抬頭，不再允許當政者的剝削。Sadan Husein, Minokovic 都先後被推翻，並被判死刑，執行喪生。

利比亞的獨裁者 Gadaffi 被推翻，逃亡，還在被追緝中。

他在瑞士的存款被凍結。

瑞士銀行也不再以保護顧客秘密為宗旨，因為銀行保密的時代也在變化，瑞士袒護顧客，受到其它國家的反對，這樣只得以其本身利益為出發點，來對待處理國外顧客。

希特勒自殺前說的最後一句話是什麼？　14.10.11.

不用說，希特勒是一個大魔鬼，只瞧因為他，殺死 6 百萬猶太人，更不用說，由於他興起第二次世界大戰，在二戰時，死了千百萬的軍民。

然而他不可一世，在他生時，多少德國人跟隨他，膜拜他，在他死後，還在默默的崇拜他，雖然他的惡行昭彰。

他有著一些奇怪的作風，在死前，還要叫 Standesbeamter，管婚姻部門的職員到他那裡主持婚姻儀式。

這對那個 Beamter 政府職員是一件生死相關的事，蘇聯軍隊已經在附近，他被召集到希特勒面前，要按照規定的儀式和問題去做。

那時規定要問：「你是不是 Arisch 種族？有沒有猶太人血統？」

那位政府官員，一定知道對方是希特勒，他不問這問題的話，違反規定，會被殺；若是他向希特勒提問，「你是不是 Arisch 種族？有沒有猶太人血統？」，希特勒大怒的話，認為他明知那是希特勒，還膽敢提出這種污辱希特勒的話，他也難於倖免被殺。希特勒的喜怒無常，死前還把他將要結婚的妻子 Schwager 姊夫槍殺，因為他看出局勢不利，想逃亡。

那位政府官員，還是按照規定的結婚形式，問希特勒那句話。

還好那位政府官員沒有因此被殺。

希特勒按照儀式跟 Eva Braun 結婚後，她飲毒藥自殺，那是一個軟藥，毒性很強，每個 SS 都有這樣一個毒藥在身。

之後希特勒舉槍自盡。

在他死前說的最後一句話是什麼？

沒有人聽到。

S 就說，那是：「什麼都得要自己來動手！」

這是希特勒遭受到 42 次謀害攻擊，至少有 39 次暗殺他的記錄，沒人能殺死他，最後只有自己動手自殺而亡。

他在死前命令手下，用汽油燒他的屍體，以便焚屍滅跡。

他的死前結婚，是一件別人不會做的事，死後滅跡代表什麼？他在腦內一定深思過，不願意他的屍體被人蹂辱，寧可滅跡來讓人不能再來凌辱到他。

這是一代魔人的下場。

不同的問法：贊不贊成　7.10.11

A：你贊不贊成軍事？

B：不贊成，不贊成。軍事是最不人道，是用來殺人的，去殺一個毫不認得的人，我完全反對。

過了一會，C 問 B。

C：有敵人來攻擊我們國家，該不該抵抗？

B：當然得抵抗，這還用得著問！

A：你用什麼來抵抗？難道用消防隊？用童子軍？他們不被打死才怪。你還反對軍事？

B：軍事能保衛我們，抵抗外侮，當然我不反對。

妳對丈夫滿意？　30.10.11

A：妳結婚多少年了？

B：15 年。

A：妳對丈夫滿意？

B：還可以，不過我對他所說的話，受到教訓，不敢相信。

A：是他在外面亂搞？

B：不是。

A：那是什麼？

B：他說話不算話。我不敢完全相信。這使我很尷尬。

A：妳能舉一個例子來嗎？

B：如他說，他晚上才能回家，而中午卻突然回來了，那時我正在跟戀人做愛，他卻闖進來，這是他不講信用，才會使得我弄成進退兩難的地步。

把兩本書夾在腋下　7.11.11

我由於工作的關係，或是眼睛近視，或說是不好的習慣，常常胸部縮起，不能成為挺胸的姿勢。

這樣長久下來，不但會影響到體態，還對健康有害。

可是即使我注意到這個缺點，一不留意，胸部又縮起來。

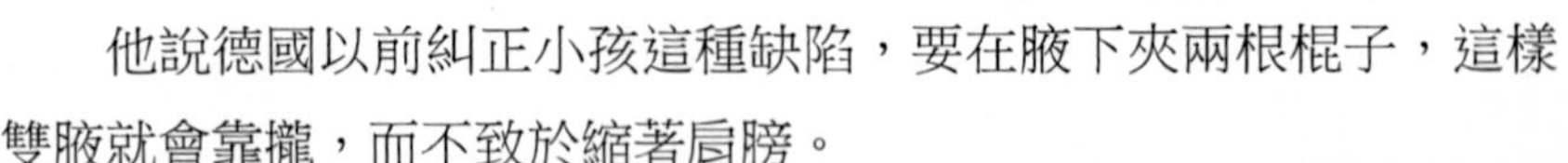

他說德國以前糾正小孩這種缺陷，要在腋下夾兩根棍子，這樣雙腋就會靠攏，而不致於縮著肩膀。

我今晚就在雙腋下各夾一本冊子，它們夾在腋下，能夠生一點挺起胸膛來之效。

雖然不好看，但是管一點用處。

治病：對胃痛治療的建議　11.11.11

病人：醫生我胃痛得很。

醫生：你吃了什麼，喝了什麼？

病人：我吃東西倒是沒有什麼不對，只是最近一喝咖啡胃就作痛。

醫生：你一天喝幾杯咖啡？

病人：起碼 8 杯以上。

醫生：這還得了，這是你胃痛的原因。你要改正過來。你什麼飲料都可以喝，就是不准再喝咖啡。

過了十天，病人又去看醫生。

病人：我不喝咖啡，胃痛好了。

醫生：這就看出你的胃痛是由於咖啡在作祟。

病人：可是最近又出現一個新的毛病，我走路不穩，有次下樓梯，還摔了下來。

醫生：這就奇怪了，你最近的飲食如何？

病人：我吃東西倒是沒有什麼不對，只是最近我不喝咖啡，改喝酒。

醫生：你一天喝多少酒？

病人：也是 8 杯。

醫生：你怎麼喝起酒來？又是那麼的多！

病人：你上次不是交代我好好的，我什麼飲料都可以喝，就是不准再喝咖啡！

醫生開的藥方　11.11.11

A.　你知道醫生治療我的失眠開了什麼藥方？

B.　除了安眠藥，他還能開什麼別的藥方。

C.　醫生開了很別緻的藥方，那是給我太太的。

D.　你太太也患失眠症？

A.　不，是治療我的失眠和頭昏。

B.　這個我不懂了，是你太太吵了你的睡眠？

A.　不是，是要她來治療我的晚上不睡，早上醒來頭昏腦脹。

B.　我倒要聽聽你的醫生所開的藥方。

A.　這是別開生面。是一個榔頭，和一盆冷水。榔頭是要我太太把我打昏，一盆冷水是我早上醒來頭昏腦脹時，澆在我頭上。

看得見和隱藏的：石頭的下面　12.11.11

許多人可能有這種經驗，在草原內，看到一個石頭，它上面光光滑滑似乎很乾淨，可是把它拔起來，裡面有好多小蟲，Worm 在內，令人有作嘔，棄之為妙的感覺。

在人的表面上，可以說的頭頭是道，好像是一個正人君子。

可是在人的內心如何？

Freud 佛洛伊德研究人的心理，有幾點說中「要害」。這是人的攻擊性，和性的「原我」。

人們表面不願意談性，因為這是每人的隱私之處，這是別人看不見的地方。

現代的社會很注重「隱私權」，每人都有其不願意讓別人揭露之處。

這些都是指有形可見的地方。

但是另外卻有隱私的一面：如一個人的財產，他的私生活，跟父母相處，與異性行性交的行為。德國有一句成語：「每人家中的地窖都有一具死屍」說明每個家庭中，都有不願意外人知道之處。

更何況是人的心靈？

在人的心靈內，有許多善惡的各種原始的特性：攻擊性，自衛本領，恨，愛，妒忌，憐憫。每個人都或多或少具有這種不同的性格。

Aesop 寓言中，拿動物來描寫人性，如「酸葡萄」說明，追求不到的，就把它判斷為無價值，不好之物，誰擁有它，一方面是貪心，再者是沒什麼了不起，這是人們所不希罕之物，不屑之物。

這種「酸葡萄」說明的現象是一種認知失調的現象，但是一般並不認為這是一種病態，這是太普遍的一種現象。

觀察人類的心靈，尤其觀察自己的心靈，可以看出許多原始的，卑鄙的，改裝的心靈。

一個人要達成到超我的境界，只有在透過自我的努力，昇華自我，這是修行的功夫，使外表和內心一致，而不讓石頭下面長出許多害蟲之物。

貧富不均　16.11.11

A：這個世界貧富不均。

B：是的，因為每人貢獻力量的方式不同，所得的利益不同，所以有貧富不均的現象。

A：那麼還是行共產主義好些。

B：在實行共產主義的國家，把富人打垮了，由國家來做統籌的計畫生產，可是工人工資低廉，人民沒有自由，經濟沒有動力成長，以致以前行共產主義的國家，都是等於開倒退車，富人打倒了，工人被廉價工資剝削，人民沒有自由，社會繁榮不起來。你願意生活在這種政權之下？

A：我要自由，我要生活富裕。

B：那麼只能生活在自由市場的社會中，那麼就會有貧富不均的現象。

A：我要生活在自由富裕之中，拿高薪水，有好的社會保障。

B：這是人人所希望，政府也應該往這個方向進展。可是施行過度偏激的社會主義，又會成為矯枉過正，這就是西方民主國家面臨到的大問題。國家舉債，降低利息，鼓勵借貸，因此產生了2008 年次級房貸的問題，引起世界金融的動盪不安。現在又是希臘，義大利國債問題，又引起金融界的不安。只有穩定的金融市場，社會才會有安定和繁榮，一般人民的收入才會增加。這道理就跟水漲船高一樣。所以要想自己生活得安定，富裕，就得要允許自由市場的存在，那麼也就會有貧富不均的現象存在。

窮人越變越窮　16.11.11

A：窮人越變越窮

B：那麼窮人以前一定是富人，才會變窮。

A：以前不是富人。

B：以前是窮的話，哪會有更窮的道理？

A：他們是被剝削變窮的。

B：何謂窮？是沒東西吃，要挨餓？西方國家沒有一個挨餓的。

A：可是他們仍然被剝削。

B：被誰剝削？

A：被資本主義家剝削。

B：19 世紀可能有這種情況。現在凡是在西方民主國家，有工作的人，都不會是窮人。即使失業的人，生活也是豐衣足食，有電視冰箱，哪能稱為窮或被剝削？

A：可是非洲落後國家，窮人還是沒有飯吃。

B：這是那些國家，沒有健全的政治制度，人民不願意工作，沒有人願意去投資，因此沒有生產的職位。西方每年不知援助那些未開發的國家多少的錢。可是無濟於事。

那些援助上哪裡去了？

今日的窮人不是被剝削窮的，而是不肯自助，或是欠債太多，破產而致窮，不會是窮人被剝削而變得更窮。你的窮人越變越窮的話，沒有具體的事實，這是一種煽動的言語。

我不能再聽那些亂抱怨的人的話語 16.11.11

A：我不能再聽那些亂抱怨的人的話語

B：是哪些話？

A：是罵社會不公平，貧富不均，罵那些拿高薪的人的話。他們不去想想，Siemens,Nobel.對人類有多少貢獻。

B：他們會說 Nobel 發明的 Dynamie 被人利用來在戰爭上的用途，害人不淺。

A：這是胡說。以前火藥不能控制，要炸一個山洞，多少人喪生。Nobel發明的Dynamie，能使它受到控制的爆炸，方便許多工商業上的用途。以後我再聽到那些亂毀謗的話，要把講話的人趕出去。

B：這正是那些人的內心妒忌的發洩，讓他們去發洩，去罵；這種內心的臭氣發洩出去，也就不致於造成大禍害，他們的發言，是一種心靈的孔洞，就跟肚子脹了，要放一個臭屁一樣。

A：這真跟臭屁一樣，又臭，又沒有價值。

B：你說對了。世界上的空間那麼多，你又何必去讀那些臭屁文章，跟自己過意不去。

A：可是這些文章充滿在各處。

B：才不見得，我就沒去讀過一篇這樣的文章。

A：你是對政治不關心。我不能不管社會文化經濟方面的發展和動態，我要知道民情。

B：這是你心甘情願的去讀，那麼就別發牢騷，否則你的牢騷也跟那些你看不慣的牢騷一樣，又臭，又沒有價值。

我不知道富人有那麼多錢做什麼？　16.11.11

A：我不知道富人有那麼多錢做什麼？

B：你這是什麼意思？

A：富人貪多無厭，要那麼多錢做什麼？

B：可以辦企業，給於社會工作的可能性，可以開飯店，方便人去吃飯，可以開鋪子，讓人去購物，可以辦汽車公司，讓人能買到汽車，搭乘汽車，可以發展藥物，造福生病的人，可以辦航空公司，讓人旅途時間縮短。

A：這都是為了貪錢，圖利。

B：這是一種互利。

A：我才不希罕要那麼多錢，這是累贅。

B：這是你沒有錢的原因，那麼你何必去管有錢人，何必去在乎他們的累贅？

夫妻之間：上演第一場 18.11.11.

他們夫妻十年來，幾乎是沒有夫妻關係。起初她很失望，但是身為女人，她不能有什麼表示，也就接受事實。

後來他們乾脆斷絕了夫婦的關係，這是說，沒有性的行為存在。

她想，這可能是男人常沈甸在電腦上，會失去性交的能力，她曾經讀過報章的這種報導，於是她也就認了。反正她的工作很忙，她即把這些事情淡忘，甚至拋諸腦後。

她想，夫婦間的關係，不能只建築在性上面，還應該有友情。她雖然有時悵然有所失，還是不去管它。

一個月來，她發覺，他對她不時溫柔起來，有時吻吻她，有時稱讚她美麗。

但是他沒有做進一步要求。

她也沒有對他多作表示。

幾年來夫婦間的停止在這一方面的情愛，使她似乎不再對它引起什麼情趣。

這一天在醒來後，他不像往常的談些事情，他沒有跟她談話，只把他的被子蓋到她的身上。

他輕輕的吻她，把她抱到自己的懷抱，然後在不言中，他們默默的開始了夫妻間的關係，直到最後一刻。

他們歇息時，他微笑的說：「妳很美，妳越變越年輕。」

「哪裡的話，時間不可能倒流。」

「可是妳的確如此。」

「謝謝你的讚美。你也是越來越年輕，才會有今天的喜悅。」

「對妳不是一個累贅，不舒服？」

「哪裡的話。」

「我們好久不曾有過這樣的情況，有 8 年了吧。這次該稱為它是 Primier 上演第一場。妳看，家中有窗簾，這代表是舞台的幕。」

「還有蚊帳，這是圍繞的幕，這樣更為堅固。可是我們的觀眾呢？」

「我們上演，不需要觀眾，而且有第一場的話，就該有第二場。」

「我們今天上演了幾場？一百場？」

「我哪能上演那麼多。」

「你不懂我的意思。我是說進出一次就是一場。」

「妳們女人要比我們細心。」

「男女總是要有區別。」

他們又默默的躺了一陣子。

正在這時，鬧鐘響了，她起身把它按下去。她又回到蚊帳內說：「可惜等會有人要來打掃。我們不能盡情的好好休息一天。」

換髮型　20.11.11

天氣轉涼，她把頭髮往下披，不再往上繫成一個髮結。

他看到她的長髮說：「我愛妳，妳這樣留長髮好美，妳變年輕了 20 年。」

不需要換另外一個女人　20.11.11

她在吃晚飯時，很快的把散的頭髮，梳成一個辮子。

他看到她的長辮子，只端詳她不放，不注意桌上的菜，然後對她說：

「其實丈夫不需要換另外一個女人，只要他的妻子換一個髮型就是另外一個女人了。」

一個知道籠絡丈夫的人，只要不時換件新衣，新鞋，新髮型，這樣丈夫就不致於看厭，能吸引住丈夫，維持夫妻間的情愛。

起身見廁所　21.11.11.

A：現代建築雖然實用，可真是很難看，臥房跟廁所相通，我每天醒來，眼睛看到就是廁所。

B：那還不錯的了，我每天醒來，第一眼看到的卻是我的黃臉老太婆！

我太太有一個新的眼鏡　21.12.11.

A：我太太有一個新的眼鏡。

B：那是很好的事，她終於能看清楚是誰跟她打招呼了。

A：壞就壞在她有一個新的眼鏡了。

B：為什麼？

A：她就提出要跟我離婚。

B：為什麼？

A：因為她看清楚別的漂亮的男人，嫌我醜了。

B：這點我沒有想到。這樣我一定要反對我太太去配一個新的眼鏡。

妳越來越漂亮　25.12.11.

他：妳越來越漂亮

她：怎麼會有這種事。

他：我說的是真話，妳比 30 多年前我們剛認識時，還漂亮。

她：你這是恭維的話？

他：妳越來越漂亮，妳會去找一個年輕的小白臉，那麼我該怎麼辦？

她：現在我了解到你這句話中弦外之音的意思了，你正是在講相反的話。你的話中，正表明，我越來越老，你要去找一位年輕女子，來看我會怎麼樣的反應。這是按照 Freud 的理論，下意識中，正在想著所說出話的相反一面。

他：我讚美妳還挨妳這樣的回答，這樣以後哪裡還敢讚美妳了！

她：你說的讚美的話，太過份了，讓人無法相信。天下哪裡會有，進入老年的女人，比少女時代還美麗，要你來擔心我去找年輕男朋友的事？這其實正是你心靈的反應，說出你想要做的事，你嫌我老了，要去找年輕的女人。

他：做妳的丈夫不容易，要說好話，卻受到妳來批判。

她：當你的妻子，也不容易，看出了真相，說出來，也是不對，還被你數落一番。

消防隊　22.12.11

A 和 B 兩位太太形容她們的丈夫。

A：我丈夫是一個消防隊員，他很滿意他的職業。幹這行職業非常威風，每次他出勤時，拉出警笛聲音，所有的車輛都要停下來，讓他的車急馳而過，盼望他快來到，好滅火。

B：這太棒了，他滅了多少火？

A：每次出勤，有他在的話，火一定會被滅掉。

B：我丈夫跟消防隊員一樣，也非常的威風。

A：難道他是在警局做事？也拉警笛？

B：不是，我是指他在做愛時，也是這樣，來勢洶洶，直到他滅了火後，就跟消防隊員一樣默默的收斂休息。

A：我真羨慕妳，妳有一個很能幹的丈夫。

B：我才羡慕妳有一個真實的好丈夫。我那個丈夫，除了床上功夫好外，是個小憋三，一天遊手好閒，最氣人的是，我做事賺錢，他卻沾花惹草，他跟妳丈夫一樣，是滅火，滅他自己的火，和別的女人的火，而不滅我的火。我一看見他，就火冒三丈，這樣的一個丈夫有什麼用！

乳房　28.12.11.

一位丈夫對別人抱怨：「我家的太太乳房平的跟燙衣服板一樣。可是奇怪的卻是她從來不肯給我去燙一次衣服。」

第二章　心靈的垃圾出口

不是成功，而是罪過浩劫　31.1.12.

一個人搶劫銀行，殺了人，取到了錢，沒有被捕獲，不能稱為是一個成功的人，只能稱之為強盜。

一群人組織成黨，不斷的來行搶劫，搶奪農夫的收成，搶劫過路人的貨品錢財，稱之為土匪。

一個綁票的罪犯，拿到了錢，卻滅口，殺死了他所綁票的受害之人，不能說他綁票成功，只能稱之為罪犯。

有一些人單槍隻馬，藉著政治口號，單獨去殺人，如三年前在 Virgenia 大學殺死三十多位學生的韓國學生。這種人稱之為 Amolaeufer。

可是若是一大群人，藉著政治或是宗教的理由，推翻先前的當政朝廷，奪得政權，稱之為革命成功，如俄國革命，法國革命。能稱之為是成功的統治嗎？

這些革命份子，殺的人，所行的政策，比推翻前的王朝更壞，更可怕，只能稱推翻先前政權的此舉得逞，卻不能稱為是成功的政治改革。

不少奪得政權之革命份子，當政時，為非作歹，但是卻美其名，為肅清社會敗類，使得橫屍遍野，如 Kombochia 的統治。

希特勒取到政權，殺死無辜的 6 百萬猶太人；北韓現在的共產愚民政策，這些政治上發生的事情，對於歷史家來說，不能稱之為成功，只能名之為浩劫。

男女之間：妳愛不愛我？　1.2.12

他：妳愛不愛我？

她：難道你沒有感覺到？

他：感覺包括聽覺，我要聽，妳說妳愛我。

她：掛在嘴上的話，不值錢。

他：人言為信。

她：我才不信那套，尤其是愛情的花言巧語。

他：妳一點不懂得談情說愛。

她：憑你這句話，你就不配我的愛。

＊＊＊＊＊＊＊＊＊＊＊＊＊＊＊＊＊＊＊＊＊＊＊＊＊＊＊＊

他：妳愛不愛我？

她：當然愛囉。你呢？

他：我也愛妳。

她：你能保證？

他：當然能。

她：用什麼保證？

他：用我的吻。

她：這是每個陷入愛情男人都會的事，它不值分文。

他：妳這是輕視我對妳的情愛，侮辱我們男人。

她：憑你這句話，就不值得我的愛。我收回先前說愛你的話。

＊＊＊＊＊＊＊＊＊＊＊＊＊＊＊＊＊＊＊＊＊＊＊＊＊＊

他：妳愛不愛我？

她：你呢？

他：妳還沒有回答我的問題。

她：憑你這句話，你就不配我的愛。

你想知道？ 1.2.12

他：妳愛不愛我？

她：你想知道？

他：當然，否則我不會問妳。

她：你太好奇。

他：好奇的男人，都會有大的成就。

她：那我要等著看你的成就。

他：妳太現實了。我還年輕，我將來一定會有成就。

她：將來誰都把握不住，男人在戀愛時候，都會說大話。

他：我不是這種人。

她：認識你有三年了，可是這三年來，你的成就在哪裡？

他：妳太物質化了，我說了，我還年輕，將來我會有成就，我們幾年來，騎自行車，不是有好多的樂趣，妳全忘了？

她：我沒有忘記。

他：那麼很好，我不是說過，將來我能有大汽車。

她：可是現在我們過得很清苦。

他：這只是過渡時期。

她：我已經跟隨你三年，你老是拿過渡時期來搪塞我。我聽夠了你的甜言蜜語，它後面什麼都沒有。三年，你們男人不在乎，我們女人就少了三年，別忘了，男人三十，一朵花；女人三十，老人家。

他：妳這句話是什麼意思？

她：是說我不願意再跟你混三年。

他：這不是混，我們有很美好的三年。

她：什麼美好？是寒酸，是四壁蕭蕭，騎自行車，喝西北風。

他：妳太物質化，不懂愛情。

她：你懂得什麼？我寧可跟一個有錢的老頭結婚，也不願意再跟你窮酸酸的過一輩子。

他：妳太無情，妳跟那老頭子生活下去，准保妳會後悔。

她：我後悔什麼？我寧可跟一個富豪老頭在一起，乘豪華汽車哭，也不願意跟你在自行車上笑！

他：妳這種現實主意者，將來一定會後悔。

她：後悔什麼？嫁給一個富有的老頭有什麼不好，他翹辮子後，我繼承一大堆財產，可以找一個小白臉來過青春美妙的生活，比跟你過一輩子的窮日子好多了！

戀愛的空間 1.2.12

他們相戀的如火如荼，兩人一天都貼在床上，連吃的喝的也放在床邊的地板上。

他：戀愛的人不需要大的空間，只要有一張床就夠了。

她：這說對一半，可是當他們爭吵時，就會恨這些空間太小。

今天我們早點睡覺 21.2.12.

「今天我們早點睡覺。」這是他在我吃完晚飯後說的話，然後他說：「在 10 點上床，不要晚於 10 點半，當然 11 點也可以，最遲不要超過 12 點。」

我說，這正是他每次說要早點上床睡覺的寫照。

性跟時間賽跑 22.2.12

男女愛情，要靠著年輕沒有縐紋，是永遠不能達成滿意的愛情，滿意的性愛願望的。

女人不敢笑，怕引起皺紋的產生，買貴重的美容化妝品，去動手術，用來去皺紋，都不是能夠如願以償。

皺紋是一種老化的現象，它要從內部著手去做，使全身能夠壯健，推延老化的現象，延長人的生命，才是根本之基。否則以為，只用那種美膚劑，就能達到容顏美麗，是一種妄想。當整個體態呈現老態龍鍾的型態時，不是任何外在的美顏能夠挽救得來的。

男女兩性的互相吸引力，跟時間賽跑的話，是贏回不了的。

男士娶年輕的女人為妻，只能更促進衰老，而不能止住老化。

女人靠化妝品來阻止皺紋，想因此贏得男人的歡心，也不能達成所願。女人過了更年期，連生育都有問題，這跟賀爾蒙有關，老化有關，這跟自然的發展有關，是很難制止的。

男人的生育期間也不是毫無止境，老化照樣是在進行。

那麼我們要向老化低頭嗎？不能！

那麼該怎麼辦？

這樣要從全面的康健做起，不可只在做表面的工夫化妝來自欺欺人。

給別人看的表面工作，也許能夠掩蓋一時；要為自己只做表面的工作，受害的就是自己。

我要這樣一位太太做什麼？　28.2.12

A：你為什麼跟太太離婚？

B：我太太不准許我罵她。

A：你常罵她？

B：她老不聽我的話。

A：她不是妳的屬下，你怎麼可以命令她來，命令她去。

B：我是別人的屬下，受夠了長官的命令，長官的指責，我不得不唯唯諾諾，因為我得要維持一個家。賺了錢回家，我至少能成為老大，卻連我太太都指使不得，罵不得，我受的氣，往哪裡發，要這麼一位太太做什麼！

你爲什麼跟太太離婚？

A：你為什麼跟太太離婚？

B：我叫她做什麼，她就做什麼，太聽話了。

A：我不懂，有這樣的一位太太，誰都求之不得，為什麼你還要離婚？

B：醫生叫我不能抽煙，不能喝酒，不能吃肉，只能吃素。我回去告訴我太太，叫她不能再買這類的東西回家。

A：這不是很好，她為你的健康著想。

B：吃飯時，有美肉在旁，喝點酒，這是享受；吃完飯，抽隻煙，看電視，在家庭中需要這些來調劑，這是情調。我所以叫她不要去買這些，是希望她還是買這些食品回來，這樣我可以吃它們；減不了肥，生病了，可以罵太太，這是她的錯，不是我的錯。可是她居然聽話，不去買這些誘人的東西。

A：那也犯不上跟她離婚，你可以自己去買這些東西。

B：你說的容易，那我可沒人好怪了，不但沒有享受，受的氣，也無處可發，沒人可怪。而且在家，沒有一點情調可言，那不如出家去當和尚，也就戒掉菸酒，不吃葷肉，那我又何必要有這樣一位太太。

妳從什麼時候起愛我？　29.2.12.

「妳從什麼時候起愛我？」今天他又提出這個問題。

我說從今天。

為什麼？他問。

我說因為今天他改變了對孫中山的敵對態度，成為友善。

在我們以前每次談到孫中山時，他都加以否定的批評，很使我心內不快。

這樣不知持續了多少年，至少有二、三十年。

尤其一年來我們在合作寫中德外交時，他又來批評孫中山，這種批評和攻擊，使我的心情不愉快。因為我受到的教育是尊重孫中山為國父。甚至對我們的合作寫中德關係，也受到影響。

今天他能夠改變態度，使我不致於一再聽到他對孫中山和國民黨負面的攻擊。這對我們的相處跟合作上，是一件轉機，

希望他不要又再改變態度，恢復原狀。

還要看，他不以孫中山作為攻擊的對象，會再來反對誰。

但是至少在孫中山這點上，今天有了轉機，是因為孫中山對德國友善。

這看出來他是德國人，是向著德國，這是一個好處和優點。

心靈拉圾的出口形式：攻擊性的出口　11.3.12

在人們的心底，存在著很多不滿，這些不滿淤積在心內，需要找出一個出口。

這種出口，通常是藉著道德、宗教、政治、教育、正義。小而到對要攻擊的對象的個人一言一語，一顰一笑，以及任何的一個小動作，都可以拿來當作攻擊的一個出口。

我們可以從這些言行，打出的招牌，看出那些人的不滿。

越是集合的人群多，打出的招牌越具有政治色彩。

最荒謬的是宗教迫害和對巫婆的迫害。只要跟天主教的教義某點不合，立即就會受到迫害，連加利略的地球繞太陽的學說，也被強迫的要他收回。

即使要求改善的新教派，不滿天主教的對異教教義的不寬容，可是輪到自己掌權後，對於其它學說的人，也嚴加控訴處分。如 Calvin 上台後，將全才醫生 Michael Servetus 米格爾處死的事件。

政治的藉口，是因為攻擊的對方自私、愛錢、削刮窮人的血汗，無道德，腐敗。而作為討罰的這些人，打出的是為正義，為國家，為人民，為肅清敗類。

我們解讀歷史，只要看那個時代的各種現象，動亂的原因，不滿的原因，就可看出那個時代的特色。

同時觀察反對者的言行，口號，以及攻擊對象，成功後，自己上位的作風，可以看出他們說那些攻擊別人的藉口，正可以看出他們的政治，宗教，道德的藉口，只是一種工具，或是作為進身階，成為他們偉大要當領袖的藉口，或是話中帶著批評另外一群人，凸顯自己的聖潔。從汪精衛刺殺清攝政王載灃被捕，不遂後，在獄中寫出的「慷慨歌燕市，從容作楚囚。引刀成一快，不負少年頭。」，

到他後來成為漢奸，以及陳水扁當總統後貪污，削刮民脂的作風，看出他們所說的口號，完全是一種進身階的工具，並非是一種理想。

而在這些小為朋友同事夫婦的爭吵；遊行行列的示威，到大為暴動動亂中，都可以看出人們的攻擊本性，心中充滿了不滿和恨。

人的心靈太複雜了，它需要很多的出口，來將它的不滿，積恨，攻擊的本性發洩出來。

心靈拉圾的出口形式：修道士發洩的出口　11.3.12

修道士是一種獻身於宗教的領域，想要昇華個人，藉著宗教，達到本身理想的人。

他們的動機要比一般人來得「聖潔」，藉著犧牲個人的「享受」，進入嚴格的修道院，過一種敬神，守紀律，放棄家室，絕對服從，守貧，勤儉等等的規章生活。

創立修道會的修士，通常都是來自富裕的家庭。他們要放棄容華富貴，不是一件簡單的事。

進入修道院的修士，每人有其個人的宗教理想，但是良莠不齊。

有些進入了，可是他們「性」本能的天性，並沒有因此就自動消失，自動去除掉，它依然存在在身體內。

如何去對待這種「性」本能的天性？

通常有兩條路子：昇華或是壓抑，或是兩者兼而有之。

他們藉著修身，服從，只有昇華或壓抑這種「性」的衝動。有些能夠昇華，成為和善中正，充滿愛心的修道士。可是有些受不了這種「性」的壓抑，或是變成一個口是心非，表面道貌岸然的「花和尚」，或是將「性」壓抑住，認為這是一種魔鬼的誘惑，女人是壞的，這樣反對這種惡的誘惑，來自制會使得容易對抗性誘惑。

但是它是存在，不會消失，為了不去想它，有些很自然的壓抑住它，將這種念頭不知不覺的打入下意識中。但是它依然存在，於是變成不同的型態出現在他們的言行作風上。

在 16 世紀時，宗教面臨到動搖的地位，那時凡是「敢」來持「異端學說」的人，一定會受到嚴重處分。

迫害的追蹤者，通常是修道士。這也看出，那些追蹤迫害者，是本身受到某種限制，無處發洩，就以宗教為藉口，指控那些持異端學說之人。這種迫害者，通常都是瘦瘦的，臉上露出嚴肅神情。另外還有掃蕩巫婆之舉。指控婦女在森林中跟魔鬼發生性行為，而將她們燒死。以那種荒謬的理論來指控別人。如方濟會，多明尼加會。

這種以「性」來作為迫害對方的出口，正可看出那些修道士是受到性的積壓，他們想像中的女人，那是巫婆，一點不值得去愛念，相反的，她們又醜又無道德，跟魔鬼跳舞發生性行為，來指控那些女人，將她們燒死，以解救她們的靈魂，這真是毫無根據荒謬的事，可是它在歷史中存在。

從這些現象和指控，被指控的人，可以看出這群人的心態，和他們指控的原因。

這些都說明，當時所找出的出口和藉口，並不是真正的原因。通常都是拿一種道德、宗教、正義為藉口，找出一個對象，來討罰他們，來審判他們，藉以發洩己身的壓抑住的變相不滿。

他們都去上吊算了　15.3.12

一位李教授不滿的說，那些別的教授自以為了不起，而那些人，只會巴結，研究不出一點科研的成果，而他有十項專利，公司購買去，李教授成了百萬富翁，被請去當教授，卻受不到器重。

李教授拍桌子大罵，說他是百萬富翁，他還是在工作，不是工作在為賺錢，而為什麼當院長的人就那麼了不起，不肯做一個研究工作！

院長沒有提拔李教授，並不是一番惡意，只是認為，年輕的教授，還要升等，比較肯花心神的來做研究。年紀大的，沒有要升等的願望，不願意多費神。

院長有自己的考量，李教授不了解，而卻來大罵，大發脾氣，動不動就提出他是百萬富翁，比別人強，他蔑視那些為錢為地位工作的人。

這是他的井底之蛙的所見。

其實他是來自清寒的家庭，半工半讀，苦學出身，憑著自己的努力，拿到博士，申請到不少專利，投資而致富。他瞧不起那些不肯做研究工作的教授，他看透他們，不願意跟他們為伍，不願意跟他們打交道，不願意跟他們合作，並說他們都去上吊算了。

他的話說到哪裡去了，他邊罵，邊拍桌子，左鄰右舍都可能睡了，他這種亂罵的勁，只看出他的無理，沒有修養，但是卻會亂罵人。

他不住的重復，他氣昏了，他處在那些不肯工作，不肯上進，不肯做研究，只會東申請計畫，西申請計畫拿錢，沒有水準無用的教授們中。

他所說的話，只看出他自己心態的不正常。

大胖子增重不斷的罵別人　14.4.12

這是這位胖子的作風，一對自己不滿的話，總是怪別人，罵別人。

他在近幾年的增重，說明天開始減肥。而日推一日，怪餐廳，怪妻子做菜用油太多，買回家的東西太肥，他說祇喫豆腐，買了豆腐又不肯吃。只吃油膩的炸雞腿，大塊的東坡肉，不喫米飯，這樣怎麼可以減肥。

他都是挑一些他喜歡吃的東西，那麼當然減不了肥。他就不滿的罵來罵去，怪別人。這種惡性循環，增重了，就不滿意，就來怪別人，罵人，這就是胖子減不了肥的原因。

是誰的錯？　25.4.12.

A：你知道這是誰的錯？

B：你指的是什麼？

A：我說的很簡單，是誰的錯？

B：我不懂你的意思。這句話太籠統。

A：但是它的答案很簡單，不必要有具體的例子。

B：你說的太含乎，這樣哪裡可以有一個明瞭的答案。你說說看那是什麼。

A：答案是，「那是別人的錯」。不管爭執是什麼，答案都是一樣。

B：原來如此。

見風轉舵的求職者　26.4.12

張三是一位很會見風轉舵的人。

有一天他去應徵一家器材公司推銷員的職位。

那天老闆親自接見，問他問題：「你對當前的徵兵制度的看法如何？」

「這些軍事措施都要不得，浪費年輕人的精力時間。」

「那麼敵人來的時候，誰來擋禦？」

「您說的有理，覆巢之下無完卵。當然軍事勢必不可缺，而且我覺得女人也應該要當兵，這樣國家就會有更多的人來防禦。」

「女人當兵沒有必要，戰爭爆發的話，誰來照顧家庭老少？」

張三馬上應著：「您的看法完全正確。我只是居於男女平等的立場來說，事實上，男主外，女主內，男女有別，女人是該在家照顧父母和子女。」

「你對現代軍人的制服看法如何？」

「軍服有改善的必要，可以使得軍人更引以為榮，除了一般制服要改得優美合身外，要跟英國學習，假日慶典要有假日特別鮮紅明亮的制服。」

「這個倒可不必，國民繳稅已經夠重了，不必再在這些服裝上浪費金錢。」

「您說的對，這是身外之物，軍人的本質，在於勇敢善戰。這才不負軍人的本質，和為國效勞的精神。」

你知不知道凱撒是誰？ 26.4.12

一位中國留學生問一位鄰居的小學生：「你知不知道凱撒是誰？」

「知道。」

他想，到底美國學生比中國強。

他繼續問：「那麼你講講，凱撒做了什麼偉大的事。」

「凱撒是我們同班同學的狗，牠差點把他家的貓咬死了。」

走樓梯　27.4.12

從 10 點半就提醒他，11 點要關燈睡覺，一直到半夜 12 點他才上樓。

問他怎麼耽擱那麼久，他回答：「走樓梯，它是那麼的長，我耗費好多精力和時間才登上樓。」

蚊子從哪裡來？　27.4.12

A 是一位天主教神父，當他解釋給 B 聽，天主教的教義，B 不大贊同，那天晚上剛好有一隻蚊子叮他，於是他就順口問 A：「蚊子從哪裡來？」

A 不知如何解釋，就說：「從我們的原罪而來，我跟你講過原罪的起源和道理。」

B 當然不很滿意這個解釋，但也問不出所以然來。後來他出國留學，有次跟一位主教在談話，他被蚊子咬了，他又問這主教；

「蚊子從哪裡來？」

這位主教很實在和幽默，回答：「從窗子外面飛進來。」

下一代如何償還債務？ 2.5.12.

一位選民問政客：

政府是不負責任的，債務如此之多，這簡直是沒有良心。下一代如何償還「巨額債務」？

政客：什麼？那是上一屆當政的政黨，留給我們的債務，跟我們不相關。

選民：但是債務在那裡，你們不能夠不管。

政客：你們放心好了，我們這屆當政的人根本不會去償還債務，那是下一個當政政府的事。2.5.12

希臘神話中不死的神 11.5.12

跟他說，我在編輯「時間的影子」一書，裡面全是講時間。

他問：「是什麼具體的內容？」

「是我歷年來，談到時間的內容，按照時間先後編排出來。先從希臘時間之神，吞吃自己的小孩說起，談到希臘神話中，不死之神。」

「你知道，為什麼希臘神話中的神會不死？這是神話，根本不存在。但是就是因為這種不是事實的神話卻能永生。這是希臘神話中的神，藉著人們對他們的傳頌，才能不死。」他說。

記者訪問孫中山　24.6.12

記　者：你為什麼跟原配離婚，娶一個年輕的可以作為你孫女的宋慶玲？

孫中山：這是為救中國。

記　者：我不懂，這跟救中國有什麼關係？

孫中山：我一生搞革命，這是一種新思潮，我的老太婆不懂這件事。那位新年輕的妻子，是我革命的同志，我們志同道合，共同為革命努力，這是我所謂的是為了救國，你們應該知道，這是一種犧牲，我不能只為了對老妻之情，而忘卻我革命的義務。

記　者：我看娶年輕小姐不只是為了革命，而且還有別的原因。

孫中山：當然，宋家是個望族，這也可以說是一種政治婚姻，我一切以革命救中國為前提。

記　者：難道沒有別的原因？年輕女人，比年老的髮妻要美麗動人。

孫中山：這固然是事實，我也是為愛情而結婚。在新時代裡，能把愛情看重，是一件美德。她愛我，我愛她，為什麼不能超越陳腐的觀念，讓有情人終成眷屬？這比娶小老婆，金屋藏嬌，或是養上幾個偏房小老婆要好得多。所以在這新時代中，我們提倡一夫一妻制，夫妻不合，能夠離婚，這都是我要搞革命，建立一個合理的社會家庭制度的原因。

記　者：你的口才很好，怪不得受到別人的推崇，我看你不只是一個政治家，外交家，美男子，大眾情人，還是一個雄辯家。

孫中山：這麼多的好名詞都掛在我身上，我怎敢擔當。

博士論文　14.10.12

A：今天報紙登出來，德國的科研女部長 Annette Schavan 的博士論文是抄襲的，受到不少人攻擊，這可真夠丟人。

B：可不是，幾年前，德國的國防部長，Gutenberg 就是因為博士論文是抄襲，被人查出來了，不得不辭職。

A：可能一個個得博士的部長，都會被人掀出抄襲的底排來。你的博士論文，指導教授有沒有讀過？

B：他太忙了，不會去讀的。

A：那他怎麼讓你通過論文？難道是他太太讀過？我的博士論文，是教授太太讀過的。

B：並不是因為如此。

A：那你教授怎麼會讓你通過？

B：那是因為我的博士論文，是教授太太幫忙我寫的。

A：天，你比我更勝一籌。難道你不害怕，被人拆穿？

B：他們兩人都過世了，誰來拆穿？

A：譬如說是我。

B：你不會告發我的，因為我知道，是誰代你寫的博士論文。

A：糟糕，你怎麼知道？

B：是給你寫論文的那人告訴我的，還問我，要不要也讓他代我寫論文。

A：你不怕我們的這件事被人拆穿？

B：我們不是那麼有名，不會有人來扯我們後腿的。

妒忌人的心理　15.10.12.

這些人，要求別人謙虛。

這些人批評重名重利的人，說錢沒有用處，而自己卻去賭博，買獎卷，要錢。他們批評，要名做什麼？每人都一死百了，只因為說話的那人，無所建樹，不能成名。

一隻海狗　16.10.12

有一位老外批評，中國對亞洲的一些小島，老是申明這是中國的屬地，如越南，菲律賓的一些島嶼。有些島嶼有時出現，有時埋入海中，也稱說，這是屬於中國的島嶼。目的是，佔據亞洲許多島嶼附近的領域，擴充中國的海權。

另外一位開玩笑的說，中國看到一隻冒出來呼吸的海狗，以為是一個小岩石島，立刻聲明這是屬於中國的島。

這種批評都是妒忌在心，不願意看到中國興起。

老王聽到這些老外的批評中國，很不服氣的說：我想那隻海狗就是你們老外，中國人吃狗，但是卻不吃海狗。

天鵝肉

他生來是個殘疾的男人，但智力正常，生活仍能自行料理，只是行動不大方便。他倒能讀了點書，也在教會裏，謀到一職，可是卻老找不到女人。

終於有位女子看上了他，她也是生來殘疾，她想他們同病相憐，該是最相配的一對。可是他嫌棄她，他認為，他已是個殘疾的男人，要娶一個正常的女人，才是公平。

宜君進入陰間　21.10.12

宜君進入陰間，判官問她：「妳講講妳在陽間最後的經歷。」

「我得了重病，我的女兒來看我，她不忍心看到我受病魔折磨的苦境，就下了毒藥把我毒死。」

「這還了得，她將來不下地獄受到上刀山，下油鍋的處罰才怪！」

「判官，難怪你在陰間，不知情陽間現在的新法律，殺死受疾病纏繞受苦的父母，是一種仁慈的表現。」

「這是殺人罪，殺了父母，更是罪大惡極，哪有所謂的仁慈！妳有沒有遺產好分？」

「當然有了。他們兄妹兩人，為了我的遺產，吵得天翻地覆，幾乎互相殘殺。」

「既然為了妳的財產，能毒死妳，當然他們會為了瓜分妳的財產，而變成手足鬥於牆，成了世仇，他們進到陰間，我一定要好好來處罰他們一番。」

「判官你不懂，這是代表他們珍惜我的東西。以前他們對我的扶植，對我給他們的錢財，從來不在乎，也不會說一聲謝謝。現在我死後，他們反倒珍惜起來，珍惜我生前的所有，這是一種進步。」

判官搖搖頭後，繼續問：「他們對妳的遺體怎麼處置？」

「原本我為死後購置一座墳墓來埋葬。但是兄妹兩人商量的結果是把我火葬，這樣又省錢，又環保，而且能把我的墳墓賣掉，他們說，死人不必佔地方，何必那麼的守舊用土葬！」

「哪有這樣的作法。這是不孝順。」

「判官，你不懂，這是節約環保。人死了，何必多佔據空間，應該為活的人多想想。」

「妳受了欺負，還為子女說話，不可救藥，這是自討苦吃。然後呢？」

「他們委託葬禮公司把我的骨灰撒在大自然的地上。我聽到陽間的最後一句話，是殯儀館師傅對徒弟說：你散骨灰要順著風散，否則骨灰會吹到你的身上。於是呸的一聲，徒弟把我的骨灰散在冰冷的空氣中，然後飄落到地上，讓我歸於自然。」

「難道妳對小孩這樣的作風滿意？」

「很滿意。」

判官很不解的問：「為什麼？」

「因為幾年來，他們忙得沒有時間來看我。至少在我死亡的前兩天，他們在圍著我轉，在關切我的生死，和遺留之物。」

判官對宜君的話語，只有搖頭以待，沒有想到陽間的變化那麼的大，對人的價值，對死亡的看法和處置，隨著物質的進步，變成這樣的「前進」，還會自圓其說。

他在想，這樣人類再進化下去，沒有人願意生小孩，養育小孩，人類慢慢的就會減少而自行滅亡，滅亡於對待事務的無所謂，對父母的生存，毫不重視，只是自私自利的在瓜分財產，自私自利要求自由的結果，不願意結婚，不願意生育子女，人類不加以改變改良的話，只有走下坡和滅亡的一條路子。

警察只是在保護有錢的人　21.10.12

A：西方世界的警察只是在保護有錢的人，以防他們的財產被奪，這個世界真是不公平。

B：很好，那麼要讚美共產主義。在共產主義的國家，不准有私人財產，警察不會來保護有錢人。他們的任務，是限制人民的自由，不准隨便遷徙，發表言論，不准隨意上網站，閱讀對共產政權不利的報導！那麼你該滿意了吧！

一個哲學家　26.10.12

一個哲學家說他現在每天不敢出門。

別人問他為什麼。

他回答害怕。

「你怕什麼，難道怕狗？怕蛇？怕被搶？」

他的回答，出乎別人的預料。他害怕出門會遇見人，他不願意，而且害怕聽到他們愚蠢的言論。

A 聽到後大笑，說那個哲學家太自大，認為別人愚蠢，他說他認得另外一個哲學家；他害怕遇見別人，那是因為他跟人辯論，會發覺自己的理論是錯誤的。

人生萬象：只要有一件事就都能解決了　29.10.12.

他兩天來，專注於在看，如何把現款買債券。

他左看右看，找不出理想的債券。只找到愛爾蘭和西班牙。

他不贊成買股票，說股票漲得太高，不值得一買。

中午吃飯時，他問我：「只要有一件事就能將目前的問題都解決了，妳知道那是什麼？」

我想不出，什麼事能將一切都解決了？

這時他說：「知道未來。若是我們能知道未來，股票、債券怎麼發展，就不會發腦筋來這樣想，該買什麼債券，什麼股票了。就是因為未來沒有定型，誰都不知道，未來會是怎麼一個發展，它是一個變數，是現在的許多事情的變數，所以我們不知道。人去算命，占卦未來，總想要得出一個預知。可是這不能夠預知。」

人們唯一的一個注定的未來，那是死亡。若是只是這樣的定在這一個死亡上面，想著死亡，生存就沒有意義。

就因為未來還未塑型，它是靠我們自己來塑造其型。這中間，就大有學問。

許多事情，可以預知，若是沒有睡好，次日沒有精神；考試沒有準備，就考不出好的結果；從十層樓摔下來，一定會死亡。這些並不是我們想要知道的事情。我們想要知道，是在選擇時，到底怎樣才好；在遇到困難時，到底會如何發展。而許多這些，都是靠我們當前的行動來決定。

的確是如此，若是人人知道未來的話，也許就不會去努力，也許就對生命感覺索然無味。

唯有未知的未來，才對我們具有挑戰性，具有考驗性，具有吸引力，和具有意義。

三手指的發誓代表什麼　10.11.12

德國宣誓時大、食、中指往上，兩個手指，即無名指、小指往下，這代表什麼？

他問我這個問題。

我回答：大、食、中三指往上，代表聖父、聖子、聖神。

他一聽大吃一驚的說：「妳真聰明，妳是個天才，妳怎麼會知道它的用意？我小看了妳，沒想到，妳會猜得出。我就沒有想到它指什麼。」

我說：「聖父聖子聖神，三位一體，不難猜到。這不算什麼。」

他又問：「那麼無名指、小指往下，這代表什麼？這點妳可猜不出。」

「那請你告訴我。」

「這是指，發誓人的形體和靈魂。不過若是發誓時，另外一隻手在背後，食中兩指交叉，就代表這個發誓無效。」

「這是道高一尺，魔高一丈。古今中外都有虛情假意的人。有君子，就有小人和鄉愿」我說。

Shakespear 的詩　2.11.12

A 很會寫詩文，可是每次作文都是剛好及格。他知道老師是故意跟他過意不去，所以給他打低分數。

有次他火了，抄了一首 Shakespear 的詩，交給老師，看他怎麼反應。可是仍然在及格邊緣。

他很不服氣的告到教務主任那裡，說明老師打分數不公平，不管他的文章詩詞寫的多好，老師都給他打最低分數。他的證明是抄了 Shakespear 的一首詩，老師不知那是 Shakespear 的作品，還是給他那麼低的分數。

於是教務主任把 A 的老師叫過來質問：

「你怎麼把 Shakespear 的詩，分數打得那麼的低？」

A 的老師回答：「Shakespear 的詩？我的學生沒有一個名字叫 Shakespear，我何從給他的詩評低分數！」

怎麼希臘人那麼的短見　8.11.12

他：怎麼希臘人那麼的短見，國家要破產了，還來遊行示威，不做工作，拉圾堆成一大堆，給自己和別人不便，更壞事。

我：你把人們想得太好，太理智了。若是夫婦兩人吵架，還不是時常有的現象為兩人罵來罵去，摔破東西，沒人做飯來示威給對方看，或者鬧翻了，分手。這是人們的一般負面心理，呈現在一個小小的家庭內。怎能期待一個落後懶散的民族，能忽然變成勤儉通理性的民族。

約會　2.12.12

A 先生對 B 小姐很有情，好容易得到她的許諾，跟她約會在悠悠豪華餐廳 6 點時晚餐。

A 買了一束玫瑰花，在餐廳內等了兩個小時，B 終於姍姍來遲的出現。

她看到 A 焦急的情況，心想這回把他吃定了，男人就是要叫他們等，才會顯得自己的高貴和了不起。

A：我以為妳不會來了。

B：我的事情忙得很，我早就跟你說過，我的老闆對我鍾情，下班後還要拉住我談這說那，我走不開。

A：妳為什麼不能對他說，妳今晚有約會？

B：那還得了，我不丟了飯碗才怪。

A：換言之，妳在一腳踏兩隻船。

B：嘿嘿，你這句話是什麼意思？

A：它很明白，妳根本沒有誠意赴我的約會，不願意跟我來往。

B：你說話客氣一點。我沒有誠意，為什麼會答應你的邀請。

A：可是妳讓我這樣久等，就說明妳沒有誠意。妳的這種作風，引起我的不滿。

B：笑話，你是什麼人，還來批評我起來了，還好沒有跟你深交，以後不知還會受多少你的氣。

A：妳呢？讓我久等，難道我的時間那麼的不值錢！

B：這是不得已。

A：有什麼不得已？是妳要同時享受到兩個男人對妳的殷情，那妳去找別人好了，去找吃妳這套的男人。

B：我後悔來赴約，早知你是這種人，我才不會來赴約。

A：妳沒有任何損失，有什麼好後悔的。

B：算是我認出你這人來，氣量小，會吃醋，會妒忌，一點不尊重女人。

A：妳以為生為女人，就應該取得男人的尊重？尊重要由自己的行為和成就來爭取的。一個妓女，照樣是女人，受不到人們的尊重。

B：你這樣侮辱女人，你再多說下去，我會把你告到法庭。

A：很可惜，這是第一次約會，就提出法庭的字，那麼怎麼還想會有第二次約會？

B：天下男人多得很，別以為我會吃你這一套！

B 說完悻悻的離開，她以為被她吃住的男人，都會低聲下氣的來討好女人，卻不意，要吊男人的胃口，這次卻碰了一個大釘子。

鄰居的狗　2.12.12

A 心地善良，對人很和善，凡是別人有難處，有事求到他，他都會很盡力。

一天鄰居 B 說，她女兒 C 很想要一條狗，可是她們沒有錢，養不起多餘的狗。

A 聽說後，自告奮勇的說，他願意出這筆購買費用和照顧狗的費用，好讓她們高興，遂願，得到日以盼望的小狗。

A 出了一萬元，算是了卻鄰家的心願。

可是不料購買小狗，飼養小狗的一萬元很快就用完了。這是遇到小狗生病，要看獸醫，A 又捐出另外一萬元來。

可是接二連三的事情發生，小狗咬死了一隻貓，得要賠償。附近的人嫌小狗在他們的家附近拉屎，B 頻頻抱怨。小狗長大，威脅鄰居的小孩，不得不給那條狗圍起一個圍欄。

這時 B 抱怨，這隻狗帶給他們太多的工作和麻煩。

在這三年內，A 為那條小狗付了 10 萬台幣。

有一天 A 去看那條狗，被狗咬了一口。

A 皺起眉頭來說，怎麼狗竟咬起人來，B 回答：「狗眼不認人，還好是咬到你，若是咬到別人的話，又會給我們增加好多麻煩。我們也是為這條狗傷透腦筋，恨不得把牠丟走算了。」

A 聽了這句話後，很傷心。

他原來是一番好意，要讓鄰居小孩，有條她夢寐以求的小狗，卻弄成怨聲載道。

於是他遣人把這條狗，送進愛狗之家。

A 給那人三萬，要他交給愛狗之家的遣散費用。

他萬萬沒有想到，那人吞了這三萬款，把狗殺掉，掛在肉舖，作為碎豬肉販賣。

爲什麼那個女的那麼笨？　17.12.12

A：為什麼那個女的那麼笨？

B：你指的是誰？

A：報紙上登出的消息，兩個年輕人按一個老太婆的門，她讓他們進去了。他們搶了她的東西，她反抗，他們就把她殺死了。

B：你怎麼能說她笨？

A：第一，她開門做什麼！

B：她怎麼會知道來了歹人，也許以為鄰居有事找她。

A：第二，她為什麼不能報警。

B：來的兩個人，看守著她，怎麼告警法，那是遠水不能救近火。

A：第三，她反抗什麼？她又老又弱，怎麼敵得過那兩個年輕人。

B：難道她要坐以待斃？人總要有自衛的本領。要是她不反抗的話，你一定又會批評她，連一點自衛的本領都沒有了。

A：她是沒有，誰叫她又老又弱，只有自取滅亡。

B：你為什麼只批評她，而不說那兩個年輕人這樣搶劫不對？怪不得你老是罵滿清無力抵抗外國的入侵，所以應該革命去滅掉滿清，而不去批評那些入境欺侮中國人的列強。

A：嘿嘿，這是自然的定律，能者生存，弱者滅亡。

B：我們生為人的，要有公道之心，要有仁心，不能這樣的欺負老小。

A：你的道德三字經，我可不要聽。

B：天作孽，猶可逃，自作孽，不可活。

A：那老太太又笨又老，這就是自作孽，所以被殺死。

B：你的解說太沒有道理。

A：我是認清天地法則。

B：天網恢恢疏而不漏。

兩年後，A 做奸犯法，被處以極刑。

擺開追求　29.12.12

A：我對那個新男朋友的死追不捨，簡直束手無策。

B：妳討厭他？

A：也不能這樣說，我想擺開他的追求，要他去找別的女人，別老來纏我。

B：他怎麼說？

A：他說他只愛我一人，不要找別的女人。

B：我有一個妙法，來擺脫他。

A：什麼妙法？

B：妳嫁給他。

A：我不聽這餿主意，還嫁給他？！這簡直是胡鬧，這哪是解脫！

B：妳不相信的話，試試看，妳嫁給他，他就再也不會來纏妳。幾年後，他還會自動的去找別的女人。

錯誤的護照　30.12.12

蘇林和妻子黃娟從桃園搭乘中華航空飛機飛往德國。

這是他們第一次出國。台灣跟歐洲申根國家有協定，從 2011 年起，不需要簽證。

這是蘇林夫婦旅歐度 30 年結婚的動機。

蘇林是台獨的堅真份子，黃娟倒是沒有那樣的積極。

他們抵達德國法蘭克福機場，在入境時，黃娟很順利的通過檢查。蘇林站在另外一個窗口，警察檢查蘇林的護照時，覺得奇怪，因為蘇林把國籍的 Republic of China 的 China 一字劃掉，改成 Taiwan。

德國警察發覺了，就問他：「你的護照有問題。」

「什麼問題？」

「你怎麼把國籍的 REPUBLIC OF CHINA，改成 REPUBLIC OF TAIWAN？」

「我是出生在 TAIWAN，我是按照護照上面所寫的 REPUBLIC OF CHINA, TAIWAN，前後一致修正過來的。我寫的全是事實。我是台灣人，不是中國人。」

德國警察：「台灣屬於中國。」

蘇　　林：台灣不屬於中國。這是兩個絲毫不相關的國家，你不要弄混了。

德國警察：「可是你的護照上寫的是 REPUBLIC OF CHINA。」

蘇　　林：「難道你沒有看見下面有 TAIWAN 一字。我出生在 TAIWAN，我的國籍是 TAIWAN，而不是 REPUBLIC OF CHINA。」

黃娟看到蘇林又來老脾氣，就走過去跟蘇林講：你別在國外來弄出這種複雜的事。

蘇林把她推到一邊的說：妳別來插嘴，我要讓德國人知道，我是台獨分子，台灣是要獨立，台灣遲早會獨立，國外的國家要弄清楚這點。

德國警察對著黃娟也說：請妳站出去，我沒有問妳。

蘇　　林：叫妳別來插嘴，妳不聽。

德國警察：她是妳的什麼人？你們說的是中國話？

蘇　　林：她是我的妻子，我們說的不是中國話，是台灣話。所以我說我是台灣國籍，而非中國國籍。

德國警察：可是你不能夠擅自更改護照上的字。

蘇　　林：我只是更正上面的錯誤。

德國警察：護照沒有錯，而是你弄錯了。

蘇　　林：我沒有弄錯，而是你們不懂。護照要前後一致。中國和台灣不一樣。我是台灣人，不是中國人，我出生在台灣，講台灣話，我從來沒有到過中國，我跟中國絲毫不相干，你們不能把我的國籍跟中國弄混了。這是兩個風牛馬不相關的國家。我跟日本人長的一樣，若說我是日本人，還情有可原，因為日本統治了台灣50年。你們德國人跟法國人也長的一樣，你們是兩個國家，而我也跟日本人和中國人長的類似，不能把我的國籍跟中國弄混。這是你們不懂得亞洲的情況，而一切混為一談。

德國警察：可是你不能把護照上的 REPUBLIC OF CHINA 字劃掉，改成 Taiwan。這是你的錯誤。

蘇　　林：這不是我的錯誤，這是護照上打錯了，我只是更正而已。

德國警察：我們繞來繞去，談不清。

蘇　　林：不是我們談不清，而是你們弄混淆。

德國警察：上面國籍處是打的 REPUBLIC OF CHINA，我只接受這一項，你不能擅自改變。

蘇　　林：我是被強迫的，在台灣，我就申訴過，不受理。我以為德國是民主國家，能夠知道什麼是民族自決。你們跟奧地利，是同種，同一個語言，可是為兩個國家。我跟中國不同語言，為什麼要強迫變成中國人？

德國警察：我來問你，你的姓名是不是蘇林。

蘇　　林：是的。

德國警察：你的出生日期是不是 1957 年 6 月 2 日

蘇　　林：不是，我是 1957 年，11 月 20 日出生。

德國警察：那麼你的護照，並不是你的護照，只是名字相同而已。

蘇　　林：它當然是我的護照。

德國警察：可是出生日期不對。

蘇　　林：這不能怪我。當初我媽是要別人代我去登記的，1957 年 6 月 2 日那時我還沒出生，我媽也不在登記的現場。這是後來補登記的，這種弄錯日期是時常發生的事，怎麼能夠怪我。

德國警察：那你為什麼不加以改正？

蘇　　林：這種錯誤已經錯了 50 年，我的證件畢業證書，全是錯誤的日期，它已經一錯再錯，不能更改。

德國警察：那你為什麼更改國籍？

蘇　　林：因為這是我第一次拿到護照，才發生的事。在台灣，都是只問我出生地，我寫的是台南。

德國警察：你搭乘什麼航機到達？

蘇　　林：中國航空公司的班機。

德國警察：從哪裡起飛？

蘇　　林：從台灣。

德國警察：中國航空公司只有從中國起飛的，沒有從台灣。

蘇　　林：你又弄錯了，我說你們不懂，就是不懂。我從哪裡起飛，難道我不知道？那是從台灣起飛。

德國警察：在 Frankfurt 只有中國航空公司，沒有台灣航空公司。你弄錯了。

蘇　　林：我沒有弄錯。

德國警察：你把機票拿給我看。

蘇林把機票拿出來，機票袋子上印的是 China Airlines，他很自得的展示給警察看。他說：你看我沒有說錯吧，上面印的是 China Airlines，是中國航空公司。

德國警察很疑惑的去叫人問清這件事，到底有沒有 China Airlines 從台灣起飛。

原來在 Frankfurt 有 Air China 和 China Airlines。Air China 為中國國際航空，China Airlines 中華航空公司 China Airlines。

德國警察：這兩個航空公司 Air China 和 China Airlines 是很容易叫人弄混。

蘇　　林：我說過的，是你們弄錯，而不是我。

德國警察：這是航空公司的名字很相近，容易叫人弄混淆。

蘇　　林：你們卻把台灣和中國弄混了。

德國警察：這點我們沒有弄混，而是你弄錯了。REPUBLIC OF CHINA 是存在的，另一個是 PEOPLE REPUBLIC OF CHINA 可是沒有一個 REPUBLIC OF TAIWAN 的國家，所以你弄錯了。

蘇　　林：那你對REPUBLIC OF CHINA, TAIWAN做如何的解釋，這是為區別台灣共和國和中華人民共和國。

德國警察：台灣共和國並不存在，你不能隨便的改變護照上的字。

蘇　　林：你把 China Airlines 和 Air China 都弄混了，不能夠來說我。我正是要把 REPUBLIC OF CHINA 和 PEOPLE REPUBLIC OF CHINA，TAIWAN 弄清處，所以去掉 CHINA 一字，改成 REPUBLIC OF TAIWAN。

德國警察：這樣斷章取義，義意完全不一樣。你從台灣來，搭乘的是 China Airlines，也非 Taiwan Airlines.而且你把護照亂劃掉一個 CHINA 字，改成 TAIWAN，這是犯法，我不能讓你這樣進入德國境內，這是你犯了偽造文書罪，我讓你入境的話，就得要監禁你，或是把你遣回台灣，那麼你也會為這樣一個罪名入獄。

這時黃娟在外面等的著急，快要哭出來了。

她不得不又進去跟警察說情。當她得知真相後，她說明，他們來德國是要度 30 週年紀念的蜜月，她說：我先生用鋼筆修正的字，是可以用水擦掉的，那個字是寫在一層薄膜上的。她用口水在上面塗了一下，果然 TAIWAN 那字就被塗掉。

這時德國警察也就看在他們來德國過三十年的蜜月份上，不再追究。

蘇林對黃娟說：還是你們女人聰明，能大事化小，小事化了！

黃　　娟：那你就不要再一切我行我素的，一再自認有理的做事，絲毫不管後果。

第三章　金錢是什麼

電開關　4.1.13.四

A：我最討厭政府提倡經濟，不提倡文化。

B：一個社會要先有了固定的衣食才能談到文化。經濟是一個先決條件。

A：我不能再聽到經濟、經濟這類的話，那些只顧錢，不管道德文化的銀行投機取巧的有錢人，是造成社會貧窮，貧富不均，人們不能和諧生活的原因。

B：妳一直自豪，妳拿的退休金很高，生活的很瀟灑自在，妳知道為什麼？

A：為什麼？當然是因為我自己四十年辛勞工作的成果，我學的是藝術，在國家當公務員，這是我工作的成果，跟那些經濟有何關？

B：妳知道為什麼妳能拿高薪，生活的富裕，這不是因為妳學藝術，當文化人的緣故，而是因為妳在歐洲富裕的德國生活。若是妳在非洲貧窮的國家做文化工作的職員，妳拿不到那麼高的薪水，妳的文化一行得不到重視。妳所以能在德國享受到不愁吃穿的生活，是因為德國的工業進步，經濟發達，才能得到這份的幸福。

A：我對目前的生活，跟非洲未開化的國家比較起來，固然是好。可是我不能看到世界上還有那樣不公平，貧富不均的現象。非洲的人，也是人。為什麼那些有錢人不把錢拿到非洲去，為什麼不去那邊開拓經濟。

B：有錢的人，繳的稅很高，西方富裕國家每年不知送給非洲落後國家多少的金錢，去幫忙窮人，可是還是不能把那些地方的生活水準提高。有些也到一些落後國家去開拓，像印度，東亞等地的國家，只要是那裡的人肯工作，政治穩定，工資低廉，他們就會開發。

A：這是資本家的欺負弱小，剝削窮人的政策，我最看不慣。

B：歐洲也是一步步發展起來的，工業革命開始的時候，工資也很低，等到經濟發展起來後，人們的生活才能提高。

A：我不要聽這麼一大串理論，我的理想是全世界繁榮，不是只有我們國家。我要這個社會能夠注重精神，人道，那些資本家製造香煙，製造酒，都是害人的玩意。那些靠賣香煙，靠賣酒的商人，都是吸血蟲。他們應該要從社會剷除出去。

B：問題是為什麼會有那麼多人要抽煙，要喝酒。有這種需要，才有這種供應。

A：這些都是多餘。尤其我不能忍受，諾貝爾發明炸藥，用在軍事上來殺人，才變成那樣的有錢，而世人還崇拜他。

B：經濟並不是只在於製造香煙，製造酒。即使雅片也有它的藥用價值，酒也有它的藥用價值。諾貝爾發明矽藻土炸藥，加工起來，保全了許多人的生命安全，這種炸藥有安全性，諾貝爾把這種混合配方註冊專利，並命名為「Dynamite」（希臘文的「力量」），即後來的矽藻土炸藥。他所發展的工業，並非是要殺人，後人誤解，毀謗他，還說他心有虧歉，才會設一個和平獎金。事實上諾貝爾有豐富的創造力，過人的天賦，精通六種語言，瑞典語，法語，俄語，英語，德語和義大利語。他小時候，父親破產，他沒有受到正式的中等和高等教育，此外諾貝爾的文學涵養也不淺，他寫詩歌。只可惜到諾貝爾垂危的時候，他唯一的一部劇作才得以付印。他也是有文化方面的天賦和貢獻，如文學獎金，這是文學領域中，最受到人尊重的獎金。

A：我沒有聽說過諾貝爾會寫文。

B：可是妳會加以批評他。

A：那些工業界的人，只會剝削人民的血汗。

B：妳這句話是人云亦云。妳所以能夠享受目前的各種方便，都是發展工業經濟的成果，即使妳的退休金也不只是妳工作的代償，而是社會富裕才如此。妳只需看到一點，就如妳使用電開關，妳的生活便利，妳不會想到，是誰來發明，生產，是如何來發電，才能使妳有一開電開關，電源就來，供妳應用。

反對提倡經濟　4.1.13.

這種人多得是，他們不懂經濟是什麼，不知所以能生存在不愁吃穿的社會原因，就是因為經濟的利己利人的運作，增進生活素質的提高和便利，心中又對有錢人心存妒忌之情，因而發展出這種反對經濟的論調。

上面的《電開關》是一則對這種人的諷刺。

私人創作財產　5.1.13.

在一個研討會中，談中國問題時，台獨的人反對發談人的只講中國，而說明台灣跟中國不相干。

於是有人批評台獨的人，等於放了一個庇。在座的一位聽眾安慰發言人，別放在心上，那只不過是一個屁，這樣卻生出一場風波出來。

下面是一段對話。是有人放了一個屁名之為私人創作財產。

A：誰放了一個屁好臭。

B：你聞到了？你享有我的智慧私人的創意財產。你要付我費用。

A：去你的，你那臭屁還要來向我勒索，我要你賠償我受到臭燻燻攻擊的損失。

B：什麼？你這樣污辱人還行，那是我的創意，你就不能立即創意出來跟我一樣的作品。我要告發你的侮辱。

A：你不自己瞧瞧，你那臭屁多臭。

B：沒有人要你搶去聞，既然你共享了，就是佔有我的作品一部份權益。你要付款，否則我要告發你搶了我的創作。

A：我搶了什麼？那臭屁瀰漫空間，我連躲都來不及躲。我是受害人，被強迫要聞這個臭味。

B：誰強迫了你，你大可不去聞它，一走了之，而卻發言來毀謗，嫌它臭，這是詆毀我的生產價值，享用我的智慧財產，不知感激，還來亂做批評。

A：什麼生產價值，智慧財產，這是一個其臭無比的屁，你不來道歉，還來跟我耍賴。

B：你聞了我的生產價值，分享我的智慧財產，佔用了它，我要來告你。

A：你告我什麼。

B：你現在還聞到我的生產價值，智慧財產？

A：它逐漸消失在空中。

B：它是被你享用聞走了。你不願意分享，不願意付款的話，我就要求賠償。

A：我陪你什麼個屁！好不要臉。

B：我不要你的屁，我要你還回我的屁。

A：它無影無形，我怎麼還回你？你還來瞎鬧！

B：為什麼要有形？所有的理論都是沒有形的。牛頓的地心引力，有沒有形？

A：你放的那個臭屁，還好意思來跟牛頓的地心引力來比。

B：當然，我放出來的是一團氣，它雖然無形，但是有生力，你可以點燃它，而且它有味道，這比別人的智慧財產高明得多，卻被你聞掉了，你既不能還回，還要來罵我。你有本領自己放出來。

A：放屁的事，那能說放就放。

B：你就沒有這種本領，而卻會把我放出來的氣聞跑掉，又來侮辱我。你懂不懂，最新的智慧財產，就是這種天然之氣。它是經過每人在體內孕育出來，這是一種創意，一種帶有能點燃的氣體，每人製造出來的不同，你何能亂加毀謗我的孕育。

A：你這種誣賴，要我怎麼樣？

B：你要向我道歉，並且因為佔用分享了我的生產價值，智慧財產，你要做我認為可以妥協的賠款。

A：去你的生產價值，智慧財產，去你的屁。又臭又髒，還大聲的自我宣傳。我要求賠償損失。我聞了你的臭屁，差點被燻倒，我要你來賠償損失。

B：那是你自甘自願的來聞，沒有人來強迫你，但是你承認你聞了它，這證明，你分享到了我的生產價值，智慧財產，而它因為你聞掉之故，就減少了它的價值，我要你還回我道道地地的氣，那是我的創意成果。

A：好不知自量，我們找人來評理好不好。

B：你找誰，誰能作主評論？你把我的氣給吸走了，那是我的創作，被你毀掉了。

A：難道你沒有聞到那個臭屁？你的鼻子到哪裡去了？

B：你有沒有聽到我出氣的聲音，那是一個美的音樂樂符。那是別人不能跟我一樣的創作。你聽到了，聞到了，還要賴賬。真理到哪裡去了。

A：你是個瘋子，臭屁名之為智慧財產，創意佳作，真是不敢恭維。

B：你別亂貶低人，你要效法，還怎麼樣都不能創造出跟我一樣有價值的生產價值，智慧財產出來！

錢長在樹上　18.1.13

A：錢長在樹上有多好！

B：有什麼好。

A：這樣就不必要去工作了。

B：你在妄想。若是它長得很高，你要去搆它，還是得要工作。

A：我恨錢的分配不均。錢長在高樹上的話，至少很公平，人人都搆不到，這樣天下太平。

B：這是妒忌之心，這是管子所說：不患寡，而患不均。怪不得孔子說：民可使由之，不可使知之。

＊＊＊＊＊＊＊＊＊＊＊＊＊＊＊＊＊＊＊＊＊＊＊＊＊＊＊＊＊＊

A：錢長在樹上就好了。

B：這是什麼餿理論。

A：我就不用為錢擔心了，只要用錢時，去樹上採摘就行。這就跟牛羊餓了，滿地都是草，隨時隨地都有得吃。

B：那麼你甘心當牛羊了。

＊＊＊＊＊＊＊＊＊＊＊＊＊＊＊＊＊＊＊＊＊＊＊＊＊＊＊＊＊＊

A：錢長在樹上有多好。

B：為什麼？

A：你沒聽過，人為財死，鳥為食亡。

B：笑話，爬到樹上去拿錢，摔下來，還不是會摔死。

A：我說得對，這就正應了人為財死，鳥為食亡的成語。

B：你拿到錢要做什麼？

A：要拿去買東西。

B：那麼錢長在樹上，並不是就解決人生的一切問題。

A：但是至少解決了錢的問題。

B：錢不是一個問題，而是一種方便的工具。我們只是為了方便起見，才將交換之物名之為錢。所以每一個文明的國度都有幣制，它是工具，而不是目的。古代之人，是拿所生產的物件來互相交換。後來為了交換方便起見，才訂下交換的幣制。最後發展出市場經濟。民生經濟相當的複雜，哪裡是錢長在樹上就能解決民生問題。

＊＊＊＊＊＊＊＊＊＊＊＊＊＊＊＊＊＊＊＊＊＊＊＊＊＊＊＊＊

A：錢長在樹上有多好。

B：好什麼？

A：這樣至少能夠不要為錢而奔波了。

B：你想的可天真，你的這種想法根本行不通。

A：為什麼？

B：因為人人偷懶不去工作的話，有了錢，什麼東西都買不到，這樣錢即使長在樹上，一點用途也沒有。

＊＊＊＊＊＊＊＊＊＊＊＊＊＊＊＊＊＊＊＊＊＊＊＊＊＊＊＊＊＊

A：錢長在樹上就好了。

B：為什麼？

A：這樣我們都能坐享其成，不必工作，而能有錢。

B：若是錢長在樹上的話，那顆樹不會屬於你的，一定是屬於別人。

A：你這是欺負人，瞧人不起人。

B：你家裡有一顆樹？

A：沒有，但是我可以去工作賺錢，買一棵長錢的樹。

B：這樣也行不通，或說買一株水果樹，它也等於是錢長在樹上。

A：我不懂。

B：錢的目的，就是一種用來交換的工具，這是人的互助互利。人不能夠只顧偷懶享受，等著錢長在樹上來收穫。錢是長在樹上，也是長在任何的地方，只等著人們去工作尋找，利用。就跟農夫種稻，跟人種果樹一樣，要先有一些可供別人利益之處，做事情，賺到錢，這樣才能買地，買樹，還要下功夫，讓其成長。等收穫後，要賣得出去，才能賺到錢，才能換取生活所需。人要靠自己來耕耘收穫，這樣才能逐漸富裕。只是妄想錢長在樹上，或是偷竊別人所得，用不軌手段來取到錢，會受到法律的制裁，不是致富之途。

Durchfall 瀉肚、留級　11.1.13

德文的留級或是瀉肚稱做 Durchfall。

我告訴他，新的規定，要是三次曠課不來就要被當掉，換言之，就等於不及格 Durchfall。

他說若是因為生病，諸如瀉肚 Durchfall 請假的話，如何？

我說請假的話，另當別論。

他說那就是因為 Durchfall 的原因，就不給他 Durchfall。

但是若是一個人 Durchfall 不及格的話，他的瀉肚 Durchfall 並不會因此好了，可說是留級當掉了他，還是有 Durchfall。

德文咬文嚼字起來，還是挺讓人尋味的。

男人裹小腳　13.1.13

A：為什麼中國只有女人裹小腳？

B：我想有兩種原因，一是性的緣故，女人這樣走路苗條，再一是男人欺負女人，女人一裹小腳後，動作不如男人，男人就可以控制女人。

A：可是為什麼女人心甘情願？

B：因為女人想要討好男人，讓男人開心。女人一向靠著男人吃飯。古時極大多數的中外的文化都是以男人為主。

A：可是在中國的叛變都是男人，應該要男人裹小腳才對，這樣天下太平。

B：這還得了，男人也裹小腳的話，豈不是中國人都變成殘廢！

A：所以說嘛，女人裹小腳等於成了半個殘廢的人，而中國的男人女人都不去考慮這點，讓這種惡習不斷的傳下去。

B：可是在民國以後，禁止裹小腳。

A：不對，在滿清時就禁止。滿人的婦女都沒有裹小腳，那時政府下令，要中國人也不准裹小腳，可是只有大城市內的人聽，小城市不聽。在北京的婦女只有 30%的人裹小腳，而鄉村卻有60%-70%的人裹小腳。

B：是的，若是以男人也裹小腳來看，可看出這種習俗有多不當。

禁止抽雅片　13.1.13

A：英國把雅片輸入中國，真是大混蛋。

B：這是不能原諒英國的原因。

A：當時的道光皇帝寫信給維多利亞女王，說她一定也不贊成英國人大量輸入鴉片，抽雅片煙。可惜她沒法作主，是英國議會只以極少數的勝票，通過將雅片輸入中國。

B：為什麼清政府不能禁止雅片的輸入？

A：因為中國戰敗。中國先在道光十八年十一月命林則徐為欽差大臣，赴廣東查禁鴉片。道光十九年四月廿二日，虎門銷煙開始。九月林則徐被革職。琦善與英方全權代表義律商議和約，十二月義律單方面公佈《穿鼻草約》。道光二十一年正月，英軍佔領香港。道光帝不承認《穿鼻草約》，二月琦善被革職，押京審理。道光二十年五月二十九日，英艦封鎖廣州珠江口，鴉片戰爭正式開始。道光二十二年七月，英軍兵臨南京，清廷同意議和，《南京條約》成立。此後中國政府即使禁止抽雅片煙，還是不能全面的禁止得住。

B：可是民國以後，禁止抽雅片。

A：這是不正確的報導，民國以後，禁煙的效率，比清朝時期還差。甚至為要得到利潤，還鼓勵賣雅片。輸入雅片是一回事，傳播雅片，抽雅片，又是另外一回事。當時雅片在中國的流行，和吸煙，主要是中國人在經營，在抽煙。道光時期禁止抽煙，在道光十八年閏四月，黃爵滋奏請「將內地吸食鴉片者俱罪死」。可是禁止不了，就跟現在禁止吸毒，可是還是有人進口毒品，有人吸毒。

「我有十多年沒有看到雪了」　24.1.13.

他很自憐的說：「你看我有多可憐，生為土生土長的德國人，我有十多年沒有看到雪了。」

「我們三年前的冬天去慕尼黑時，不是有天正逢下大雪，我們要去你母親家，都受到風雪的侵襲，寸步難移。」

「妳點醒這事幹嘛，讓我的抱怨，喪失了它的威力。」

過一會他又說：「我們一生中，所經歷的事，有時都會忘記，弄不清楚，何況是百年以前的歷史。可見得，歷史的原始資料有多重要！」

Verstaubt 堆滿灰塵　24.1.13.

在一家公立的圖書館，有一位政府的小官員 H，在那裡要為一堆書寫上卡片。

那堆書由一位雇員放在她工作旁邊的移動書架上。

隔了三十年，當那位 H 快要退休時，她的主任 D 發現那堆放在她工作旁邊移動的書架上的書。

他對著沾滿灰塵的書問 H：「怎麼這是三十年前的書，妳還沒有寫上書目，登記好？」

她反駁：「我每天有別的事，哪來時間來管這些陳年破書？」

「可是交給妳的工作，妳怎麼還沒有去做！」

「你說我做什麼？三十年來，你做了什麼工作？你每天看報紙，當我們看報紙時，你說，最好到放置書的那間小房子看，以免到閱覽室來讀書的讀者看到我們不工作不好。同事 S 說，她到你房間去時，你要她坐在你的大腿上，她在這 20 年什麼工作都沒做，你不曾管過她，現在來說我做什麼！」

D 被她搶白一番，沒話可說，就叫搬運書的 P 來把那堆書，收拾清理一番。P 說：「這不是我的工作。叫打掃工人來做此事。」

打掃工人來了，看了一下說：「這些沾滿灰塵的書，都是老書，現在書店買不到，我不管老書，若是弄壞了什麼，我可賠不起。」

D 想想，他也快退休了，不必為這件事情來跟同事過意不去，反正這圖書館要翻新所有的書目，重新整理目錄成為數位書目，就叫 P 把它放入書庫中，作為最後處理的報廢書籍。這樣正是神不知鬼不覺的把這批不曾處理過，當時以高價購買，他得到不少佣金的書籍，一筆勾消。

男人要不得　29.1.13

A：男人要不得

B：妳說具體一點，別把我們男人，拿一句男人要不得，一網打盡。

A：男人都是好色，要女人，要討女人的便宜。

B：這句話有些過份，若說異性相吸有道理，若說要討女人的便宜，有些過份。

A：哪一個男人不對女人東摸西摸！

B：這句話太籠統。

A：男人不對女人東摸西摸的話，哪會女人懷孕？

B：這是天下生物生生不息的道理。出家修道有道德的男人，不會這樣的對待女人。

A：不要拿這種大道理來美化，說明你們男人的醜態。那些出家修道的男人，有些也是花和尚，沒有道德。

B：這種傳宗接代，不是大道理，而是理所當然，中國講究陰陽，講究男女的和諧，別忘了中文的「好」字，就是男女合在一起，而不是說他們偷偷摸摸。

A：你們男人就會把男女那些醜事，說成聖潔。

B：我看妳是仇視男人的人。

A：我是婦女解放運動的人。你們男人壓制了我們婦女多少千年，我要為婦女伸冤。

B：可是不要忘記，在中國，母親地位很高，在歐洲，女人一向是受到尊重。出外做事賺錢養家，上戰場，衛國的都是男人，女人沒有外顧之憂，不必到職場、上戰場去打拼。男人尊重女人，為女人開門，冬天外出，幫女人穿大衣，入門，讓女人走在前，有危險，男人出外去頂，即使乘船出事，女人先入救生艇，男人留在船上跟船同滅，如 20 世紀 Titanic 的大船難。

A：我不要聽那些事情，我談的是男女在性的方面，男人佔女人的便宜。

B：這句話有商討的必要。

A：怎麼你還要搶白。

B：許多女人要拿她們女人的嬌媚來引誘男人，佔取錢財地位，不勞而獲。

A：誰教你們男人那麼的笨，要佔女人便宜，這是自作自受。

B：可是女人傷害女人呢？

A：我不懂你的意思。

B：一對夫妻，男的被另外一位魅人的女人迷住，丟棄髮妻，這不是那位後來者把男人對前妻的愛搶走，讓他的髮妻受到傷害。

A：這是你們男人的不對，誰叫他要佔另外一位女人的便宜，怎麼能怪到女人身上來。

B：現代女人，一方面攻擊男人，另外一方面要弄得漂漂亮亮，來吸引男人，得到男人的傾心，來佔到便宜。

A：女為悅己者容，這有什麼不可，誰叫你們男人要討女人的歡心佔女人的便宜。

B：我是說，有些女人，討上司的便宜，以便得到好處，有些女學生，來迷惑男教授，求得高分數，這都是用女性的特殊，來得到好處。

A：這不能來怪女人，要檢討你們男人的壞性格。

B：妳怎麼處處來攻擊男人，不去檢討有些女人的行為不當。她們在婚前，要釣到一位有錢有勢的丈夫，不管他們是否有妻子兒女，破壞他們的家庭，弄成一個美好的家庭妻離子散，只為了自己能夠獲益，這是這位女子的居心不良。

A：可是那位男人呢。

B：他當然很不應該，可是那位居心不良的女人，也有罪過。女人知道男人的弱點，就蓄意要從那點著手進攻攻擊，她的目的，是在佔男人的便宜，所以弄成花枝招展的來引誘她所能夠獲取的獵物。

A：難道女人裝扮就是罪過？

B：我沒有說這是罪過，而是有些女人享受了女人天生所賦的女人之長，來迷住男人，讓自己獲得益處，而反過來卻批評男人的不當，這在情理上說不過去。

A：這在情理上說得通，因為男人要佔女人的便宜，才會有這種現象發生。

B：你不要老拿男人要佔女人的便宜，來作為辯論。若是只拿這點佔便宜來看的話，不少女人在裝扮，那些女人要尋找有錢有勢的男人，也是在佔男人的便宜。

A：這是污辱女人。

B：這是事實，為什麼男人不穿得花枝招展，來迷女人，女人要穿窄裙，露出胸脯，塗口紅，不以自己的本領，來跟男人競爭，而要以自己的美色，來求得男人的歡心，來娶她，來獲得利益。這點還嫌不夠，多少女人去隆胸，去美容，就是故意要取悅於男人。而等到男人上鉤了，卻來罵男人的不規矩，這兩件事，是自相矛盾。

A：女人總是吃虧的。

B：這不見得，不少女人是用她的魅力來得到利益，而愚蠢，沒有道德觀念的男人，就會上鉤。我們不能只拿男人女人來作為批評，應該拿具體的事實，來作為評論的出發點。愛慾念重的男人，沒有道德心的男人，是不對，而不少女人不以本身才能的長處，來發展自己的才能，只是靠著生為女人，來獲取男人的奮鬥所得，也是不應該。

我要爲國家效勞犧牲　11.2.13

A.　我愛我的國家，我要為國家效勞，為國家犧牲。

B.　沒想到你還會有這種情懷。

A.　我當然有。

B.　那你為什麼不去為國家效勞？還去拿救濟金？

A.　國家夠富有了，我何能效勞，國家允許我去拿救濟金，為什麼我要放棄？

B.　那你可以為國家犧牲。

A.　國家夠強壯了，我無處可以去革命，去犧牲。

B.　那你還是可以當兵，來保護弱小。

A.　要我去當兵？我是反戰者，我才不會去當兵。

B.　原來你所說的大話，都是空頭支票，說來給人聽，來表示你自己的偉大。

A.　我當然偉大，我是選民，連總理都要賄賂我，要我來選她政黨的一票，這是我能夠得到救濟金的緣故。

B.　原來如此！

話是力量

A.　話是力量，世界上只有話的力量最大。試想，希特勒就憑他說話的力量，震動了世界。

B. 不能這樣說，話的力量要靠權力在後面支持.

C. 權力權力，這是那些要權力的份子所要追求的壓制人的手段.

D. 試想一句從希特勒口中說的命令：攻擊波蘭.這是話的力量.同樣一句話由一個流浪漢來大喊的說： 攻擊波蘭.別人聽了，就會大笑.這說明，話是力量，要看是甚麼人說，才有力量.不能一概的來說話是力量.

動物園內　24.8.13

在這個動物園內，沒有一隻動物。

一位婦人很兇的質問：

這算甚麼話，這個動物園內，沒有一隻動物。

看管的人說，當然有，這是妳頭髮上的蝨子。

一百年後 26.11.13.

有位乘客問德航的經理：

「你們德航有多少年的歷史了？」

「有快一百年了。」

「那麼你們再過一百年後，還會不會存在？」

「會的。」

「那我買一百年後從北京飛往德國柏林的回程機票。」

德航的經理回答：

「我懷疑你一百年後還能否搭乘這段德航機票。」

「難道你認為我活不了那麼長？」

「不是。」

「你不是說德航一百年後還會存在？」

「是的。」

「那麼你為什麼懷疑我一百年後不能搭乘從北京飛往德國柏林的德航回程機票。」

「因為那時也許柏林或是北京不再存在了，但德航還會存在。」

第四章　人人為我，我為人人

沉默和講話：一對相反的夫婦

這一對夫婦，太太沉默，從她那裏，得不到任何資訊。

丈夫很愛講話，說個不休，可是從他那裏，也得不到任何具體的資訊。21.1.14.

斷了翅膀的小鳥

一隻小鳥，斷了一個翅膀，不能飛翔，在垂死邊緣，另外一隻小鳥來向他說教：

「你別垂頭喪氣，該要滿足目前的情況，該想想，以前你能飛翔時候有多美滿，你要知足才能常樂，何必這樣的悲觀嘆氣！」

那隻斷了翅膀的小鳥回答：

「你別來向我說教，這種道理對我一點好處都沒有。我是處在生死之間，我需要清靜，你若能夠減少我的肉體的痛苦，還情有可原，若是不能，給我乖乖的走開。」24.1.14

找尋合適的工作人員

A. 現在國家正在找尋有經驗並且立即可用的合適工作人員，誰能應徵？

B. 我有經驗，我是殺人犯。

A.　這不行，你犯法。

B.　我正是有經驗的殺人兇手，國家可以派用我到前線去殺敵。

C.　我是偽造文書的聖手。

A.　這不行。

C.　很不服氣的說：我正是最適合做情報工作。你說國家正在找尋有經驗，並且立即可用的合適工作人員，我們可以現身說法，我們是有經驗的人物，特地來應徵，你卻板起道德家面孔，說不行。國家有了你這樣的人，根本不可能徵求到有才能的人！1.2.14.六

我寫個字不讓蚊子進屋如何？

這兩天我們又搬回頂樓睡覺，因為一樓臥房有蚊子。

他午飯後想到一樓臥房睡午覺。

他把兩床被褥又拿到一樓臥房，叫我也回到那裏午睡。

他說：「我寫個字，不讓蚊子進屋如何？」

我說：「蚊子肯聽話就好了。古時中國的道士在門口畫符，讓魔鬼不敢進入。」

他說：「不同的是，沒有魔鬼，而有蚊子，所以寫符去蚊，行不通。若是還是有人說魔鬼進屋，會說道士修行不高，或說那個魔鬼不識字。宗教能對每樣事情，有自圓其說的解釋方法。」2.2.14.

中國人還沒有來探討近代史　7.2.14

他在看法國革命的電影，讚美此部電影的中立立場，把 1789 年的一直被讚揚的法國革命，重新來探討一番。對那時的暴民活動，不加掩飾的在電影中呈現出來。

他說似乎中國人對本身扭曲的近代史，還沒有全面的來探討，他對這個現象很失望。

他諷刺的說：「這可能是中國還沒有另外一個更好扭曲的歷史來代替。」

路易 16 世國王和斷頭臺

小會議室中懸掛著一張 18 世紀路易 16 世國王的油畫，這是他當王子時，繪畫下來的像，很可愛的畫像。眼神會隨著觀察者的角度變化，不管走向什麼角度，似乎眼神都跟隨對方在走，就跟在月下走一樣，月亮老是跟隨著我們。

當南華大歐研所師生來此開會時，看到那張路易 16 世國王的油畫，有些學生以爲這是莫札特的畫像。

我告訴她們，那是路易 16 世國王，並要她們注意觀察此油畫的眼神，它會隨著觀察者的角度在變化，好像老是在看著對方。她們一看，果然如此，覺得很奇怪。

有關路易 16 世國王的報導，他是一位虔誠的天主教徒，他不願意做一件違背良心的事。我們 30 年前，在法國 拍賣行標到路易 16 世國王這張油畫，帶回家後，細細端詳他。覺得路易 16 世國王面貌五官端正，人格又好的話，不免發問，到底他犯了什麼罪，要上斷頭臺 ，接受這樣殘忍分屍的刑罰。

那時議會定出憲章，要他簽名，他就簽名。可是當時的教宗，發出一個命令，凡是在此憲章簽名的神父，都自動的被開除教籍。

那時有一半的神父不肯簽名，被暴民毆打，殘害。而簽名的神父主持彌撒時，等於違背教宗的命令，也是不對。

在這種進退兩難下，路易 16 世國王趁機帶著家眷要離開是非之所。在邊境處，被認出，把他們遣送回去。

他們住所的宮殿，不時被暴民闖入。有次就逃到議會。議會卻將他們逮捕下監獄。

後來被送上斷頭臺。

每次看見他的像時，想到他的上斷頭臺，似乎都感覺到頸部作痛。這麼一位無辜的人，卻要接受這種的死刑，很為他不平。

近代歷史家，研究路易 16 世國王和法國革命，認爲路易 16 世國王具有很好的人格。他要改革政治，可是幾次沒有行通，因爲貴族不願意付稅，周圍的人不肯放棄特權，因此他召開議會。

當他被殺死時，法國除了巴黎的人外，其它地方的居民，為此舉震驚。英國德國等國家都爲此震驚不已。

François Furet 寫一本法國革命的書，將法國革命的演變，歷史發展的時間拉長，來探討法國革命。

François Furet 指出，法國革命在初級階段，議會一切順序進行，到1892年后，出軌，議會意見分歧，爭權奪利，暴民加入。路易16世國王才喪生。

斷頭臺下不止是殺了路易16世國王一家。那時巴黎陷入互相鬥爭的恐怖政治下。

斷頭臺下一共殺死6万人。真是血腥一片。

François Furet 認爲，這種無法無天的殘忍作風與法國革命的自由平等博愛的口號相連，使得法國革命被表揚，影響歐洲，甚至世界一般人們的心態。19，20 世紀以來的各種左右派別，時常以法國革命為榜樣，行這種理想化，美化的革命口號，不少人們受到這種暴政鬥爭的殺戮。美好的口號和相反的暴政行爲，使得人們的判斷被麻痹蒙蔽。

不過法國開始重視法國革命的解讀和被蒙蔽的歷史真相。法國花了6千萬來拍攝法國革命的影片，為路易16世國王平反，同時重新探討法國革命。這是一部很長的影片，很細膩按照史實拍攝。

裏面有一幕是一位醫生叫 Guillotine 拿斷頭臺的模型給路易 16看，要改善對死刑犯人刑罰的人道性。以前砍頭很殘忍，一刀下去未中要害，會拉長死的時間。路易16世國王端詳后，繪圖將此斷頭臺改良，以便使受刑的人，更減少死亡時間，根據醫學上的判斷，在被砍頭時候，被殺者沒有感覺到痛苦，就死亡。

斷頭臺就以這位醫生 Guillotine 為名。

不過無辜的被砍頭的人們，他們的死前心裏一定是很沉重。

當路易 16 世國王上斷頭臺時，他的感受是什麼？

儘管斷頭臺在當時為最新最人道的處死方式，不過今日想來，仍然非常的可怕和殘忍。尤其看到路易 16 世國王的掛像，想到他的命運，心中更是為他的冤死不平。

現在法國自己為路易 16 世國王平反，這是一個對歷史真相解讀的好現象。

甘地說過，他相信真理最後總是會得勝的。 7.2.14

你把房子先送給我吧！諷刺

這是他講的一個諷刺笑話，我說很有意思，我要記下來。可是只記下這個題目的名字，卻沒寫下內容。因為那時剛好有事情打岔，而我沒有記下。等再回過頭來要來寫它時，卻忘記它的內容，問他，他也想不起來。

也許會有一天突然又想起來了 9.2.14

告解的語言

有位朋友說，他們的教會每人都要在做禮拜時大家對著出席的信友說出自己的罪惡，請求主的寬容。

他說，這時聖神會降靈，使每人用一種別人聽不懂的語言，講解自己做錯反悔的事情，這樣不怕別人聽懂知道，因為這是對神的懺悔。

於是 S 講了兩則有關這種別人聽不懂的語言告解故事。

一位耶和華教友到教宗那告解。

他講了一堆別人聽不懂的語言。

教宗說，他聽不懂他說的語言。

他說，這是對神講的告解。

教宗說，可是他聽不懂。

那人回答：你自認是神在世間的代表，卻聽不懂我對神說的話，還配做甚麼教宗。

****

有一位耶和華信徒，在 Dr. Wolf 那用別人聽不懂的語言告解。

Dr. Wolf 說：你這樣做，實在不應該，要念 3 次聖母經，和罰 100 歐元。

過了幾天後那位耶和華信徒，在 Dr. Wolf 那又用別人聽不懂的語言告解。

Dr. Wolf 說： 你又犯這項錯誤，真是不該，罰你念 4 次枚瑰經，150 歐元你行善款。

又過了幾天耶和華信徒，在 Dr. Wolf 那用別人聽不懂的語言告解。

Dr. Wolf 說：我知道，人性是軟弱的，你一再犯同樣的錯誤，這次要念 5 次聖母經和罰 200 歐元。

那人非常驚奇，怎麼 Dr. Wolf 能聽懂他說的話。

原來 Dr. Wolf 習慣別人的告解，知道人們多半犯的是哪幾項罪過。又看到他衣裝畢挺，家境一定不錯，就加上一些行善的罰款。

所以 Dr. Wolf 不必多問，就給他那種贖過的指示。

果然這道法則，能形諸四海皆為準。 9.2.14

黑幽默

A. 你只能搭乘商務艙。

B. 為什麼。

A. 因為你得了老人症癡呆症，你不知道你的名字。搭乘商務艙的話，空中小姐，知道每位座位乘客的名字。16.2.14.日

染頭髮

A. 我們的老闆染了頭髮了呢。

B. 那他可能要去找一個女朋友了。

C. 他靠染頭髮就要去找一個女朋友？誰會愛上他。他得換個頭才行。24.2.14

染頭髮的解說

甲：我最看不順眼的就是男人去染頭髮。

乙：可是我聽說你就去染過頭髮。

甲：那不是染髮，只是換一個頭髮的顏色和花樣。24.2.14.

畫家的惡夢

一位喜歡作畫的人，想去考藝術學院。

他精心畫了幾幅畫，作為報考的考試資料。

他迫不急待的等著教授對他作品的評語。

不料教授說：「我勸你還是去買一個相機，免得白花功夫作畫！」26.2.14.三

會唱歌的新鄰居

太太：我們的新鄰居真會唱歌。

丈夫：大概那是他播放一個 CD。

太太：我往窗子上去看，他張著好大的口在唱歌。

丈夫：之後呢。

太太：隔壁的電燈就關上了。

丈夫：大概你看到他正在張大口在打哈欠。26.2.14.三

在法庭中

在一個強制拍賣的法庭中，突然出現一位破產，不得不接受強制拍賣他住屋者A：

他拿了一支手槍，對準剛標到他房子B的人，就要槍斃他。

B說：「可不能打死我。這是銀行向你索債，拿不到錢，才把你這個案子告到法庭，強迫拍賣。我跟這件事情不相關。我也沒錢買你的房，還要向銀行貸款。我跟你同病相憐。」

A拿了手槍，對準銀行的代表C，要對他開槍。

C忙解釋：「我跟這件事無關，我只是一個小小的雇員，你要跟法庭去理論。」

A拿了手槍，對準法庭的仲裁D開槍。

說時遲，那時快，法院的警察對準A的腳射了一槍，他跌倒在地。

很快的，他被幾個警察制服。

警察沒收他的手槍，原來這只是一隻催淚手槍，打不死人的。

A還是被逮捕，因為他犯了蓄意殺人罪。B和C也被逮捕，因為他們為了救自己一命，叫A去殺別人，以便自己逃脫危難，這是嫁禍於人的罪名。1.3.14

一位老夫少妻的對話

一位老夫少妻坐在海邊旅館的陽台上，老丈夫帶她旅行，是希望年輕的妻子能感激他的體諒和富裕，能有這種機會住在豪華的旅館內，享受周遭的美麗風光。

可是妻子雖然是因著他的錢財才嫁給他，過的並不愉快，每天看到蒼老面孔的丈夫，就一肚子火氣，巴不得老丈夫早點死掉，好繼承他的財產後，找年輕情人出外度假，享受。

老丈夫為了討好年輕妻子，兩年來不知花了多少心機，就是難取得妻子一笑。

只有幾次帶她出外跳舞，她碰上年輕伙子跳舞時，樂不思蜀，不願返家。

他當然不願意更不情願答應她獨自享樂。

這次他們出外，他又得處處討好她，才能偶而取得一笑。

他們兩人坐在陽台上，她板著臉。他試著討好她的開心。

他說：「這風景真美。」

她撇了一下嘴。

他說：「尤其我看到的美，比妳看到的多。」

這句話引起她的好奇，她問：「你看到的是甚麼？」

為了引起她的開心，他說：「是妳的美麗和年輕。」

這句讚揚的話，不但沒有逗得她開心，反而令她憤恨填胸的說：

「而我看到的卻是一張又老又醜的臉。」

他氣得要命，可是只得忍氣吞聲強做歡顏的說：「寶貝，這可委屈了妳。」

他知道，這是他拋棄老妻，娶年輕女子的代價。他若是得罪她，她一氣吵離婚的話，她的贍養費可不小。一錯不能再錯。

所以他只能裝著假笑，來化解僵局。30.3.14

兩位相恨的人

兩位互相不滿的 A 和 B，在三年後開誠布公的談話，要同心協力的來為社會貢獻。

A. 說實在的，這三年來我對你很不滿，不過我們現在言歸於好，讓過去的就這樣一筆勾銷。

B. 很奇怪的說：你對我不滿？這怎麼可能？我是一位只顧別人，不顧自己的人，三年來我對你恨極了，你的所做所為，令人無法忍受，可是我從來不形于色也不跟你計較。因為我的大量，才能使我接受跟你的和解。你居然還能說出對我三年不滿的話，這簡直是在我的雞蛋裡挑骨頭，此可忍熟不可忍。不過我還是原諒了你。你看我的人格有多偉大！12.4.14

見風轉舵

一個裝病的女病人，等保險公司監視人員來看查，想要得到最高層的補助金。

門鈴響了，她按一下椅旁自動開關。

然後戴上遮光片，在椅子上閉上眼睛哀哀的哼個不停。

來人見了，對她說：「太太，妳哪裡的水管壞了？」

她拔下遮光片，大罵：「你怎麼不早說你是誰，害我白哼了半天！」

工匠 A 不懂是怎麼一回事。她站起來，到廚房，只給他看哪裡要修理。

他看了一下說，要出門拿工具，告訴她，等會他還會回來。

他剛出門，碰到保險公司監視人員 B 來。

B 進門來時，她以為是工匠 A 返回，開口就罵：「你這人進進出出，吵死人了。你殊不知我在等著保險公司監事人員來。」

「我就是。」

她一看果然是那位文質彬彬的保險公司監視人員。

她馬上改變大聲說話的口氣，裝著生病的呻吟：「阿，阿，我受不了了，我背痛得連站都站不起來了。」

「沒關係，妳就坐著說好了。」

她正抱怨，她病得厲害，應該得到最高層保險公司的補助金時，工匠 A 按鈴進來，見她哼哼嘰嘰的，很奇怪的說：「妳剛才不是好好的，怎麼一下病成這樣？」

「這就是我的毛病，前一刻鐘似乎好好的，下一刻鐘就會發起

病來！」18.4.14.五

你到底做了什麼？

一個學生上課遲到了。

當他走進教室時，老師罵：「你總是遲到，這麼晚才來，我問你，是誰寫了《浮士德》？」

學生回答：「我可沒有寫，不管是誰寫錯了，總是要怪到我的身上。」12.8.14

已經愚蠢了

一對夫妻爭吵，丈夫提出離婚，妻子回答奉陪。

這不是丈夫的真意，他解釋，既然說出「離婚」的話，就表示他太笨了，哪能再要求他承擔說這句話的後果。13.8.14.

批評評論：那是一本壞書

他在大宣傳，那本書有多壞多壞，

裡面說的每句話，都是魔鬼之言。

當人問他，讀過那本書沒有，他回答：「沒有，它那麼的糟，我讀它幹甚麼。」

「你沒讀它，怎麼知道它糟。」

「聽人說的。」

「這是道聽途說，怎麼能成為你的意見。而又廣加宣傳。」13.9.14

Miniamolaeufer 小型殺人自殺者

他們兩人每次吵架時都鬧得天翻地覆。弄得恨不得離婚。

有天他們談論，兩人的生活如同地獄。這是兩人自己造出來的。

他們終於了解，兩人爭吵時，就跟失去理智的殺人者一樣，可名之小型殺人自殺者。

自此以後，他們試著改善自己。他們能兩人創造出天堂，或是透過爭吵，使天堂變成地獄。13.9.14.六

猶太人太壞

A：猶太人太壞，就跟魔鬼一樣。會用技巧，放冷箭。

B：你認識過這種猶太人？

A：我不認識。也沒見過。

B：那你怎麼能說猶太人太壞。

A：難道你見過魔鬼？

B：沒有。

A：猶太人太壞就跟魔鬼一樣，不必認識，不必見過，但是我們都

知道猶太人太壞。

B：這簡直是跟 holocaust 一樣，會亂誣賴人。我就是一個猶太人。

A：你是誰？

B：我是愛因斯坦。13.9.14.六

你爲什麼把他的玩具弄壞？

老師問 A：你為什麼把 B 的玩具弄壞？

A：因為 B 昨天把我的帽子丟到泥地裡。

老師問 B：你為什麼把 A 的帽子丟到泥地裡？

B：因為 A 跟我吵架，把我的鉛筆丟到地上砸壞了。

老師問 A：你為什麼要把 B 的鉛筆丟到地上？

A：因為 B 把我的橡皮丟到地上。

老師：你們兩人這樣吵來吵去，有完沒有？兩人相互鞠躬說對不起。

這樣 AB 兩人才終止這場爭吵。13.9.14.

我眼睛有問題

一位病人去看眼科醫生，對醫生說：

「我眼睛有問題。」

「有甚麼問題？」

「每過晚上十點以後，我就看不見東西，不能讀書。」

「白天沒問題？」

「白天一點問題也沒有。」

「讓我看看你的眼睛。」

醫生看了半天，看不出他的眼睛有甚麼毛病。就問他：

「這情況有多久了？」

「自從我住進宿舍後就如此。」

「為什麼？」

「因為宿舍 10 點準時熄燈，要我們睡覺。」14.9.14.日

跟隨的人和狗

有一個觀光客的後面，跟隨著一個女人和一隻狗。

他趕他們不走。

人家覺得奇怪，就問他，為什麼一個女人和一隻狗老跟隨著他。

他說：「那條狗聞到了我手上提包內的肉，所以老跟隨不捨。」

「可是那個女人呢？」

「她聞到了我口袋裡面的錢包。」16.9.14.二

醫生我睡不著

「醫生我每晚都睡不著。」

「妳不累？」

「非常的累，可是睡不著。」

「有沒有甚麼特殊的原因。」

「有。因為我一要睡著，鈴就響了，吵得我不能睡覺。」

「妳是指鬧鐘響？」

「不是，是找我的鈴響。」

「我不懂妳指的是甚麼。」

「我是夜班值日護士。每次我要睡著，就有病人按鈴，把我叫醒，去看他的問題。」16.9.14

購買債券

有人購買船的債券，他不明白這事，他的銀行顧問推薦，那顧問也不明白這船公司，但是他們都有船的宣傳單和船的小冊子。

他們不明白為什麼可以從購買船的債卷中賺錢。

而船公司倒閉，兩人也不明白為什麼輪船公司會倒閉，只知他們損失一筆款。16.9.14

Ein Hacken dabei 有一個鉤子在內

一個顧客 A 看中一所房子，它物美價廉。

他問房地產商：這個房子有沒有一個 Hacken dabei（吊鉤，即指隱藏的缺陷）。

房地產商回答：「有的，但是它不傷大雅。」

「它是甚麼？」

「這樣講講不通。我帶你當場去看，你就知道了。」

房地產商帶他去看，他對這棟房子很滿意，跟照片上的一樣。

房地產商又帶他到前邊去看，在按鈴牆門邊掛著一個大鉤子。

原來這是掛清晨送麵包的掛勾。

他們兩人所指的物件不同。

這樣他們成交這筆房地產的生意。

A 搬進去住一個月後，天下雨不停，旁邊的河流漲水，水滲進屋內的地窖。

這是一個大缺陷 Hacken dabei。而房地產商卻故意拿掛勾來搪塞其詞，沒有告訴 A，這棟房子的地勢缺陷。

它是有一個很大的缺陷，但是透過狡滑的房地產商，故意設置的掛鉤，使 A 在無意間上鉤了。16.9.14.

兩個眞假妻子

一位結了兩次婚的人抱怨，說他喜歡大胸乳的女人。

他的第一個妻子有很大的胸乳。可是那是假的，人工墊高的大胸乳。他不滿意。

第二個妻子，他娶到真的大胸乳的女人，但是仍然不滿意。因為她除了擁有大胸乳外，其它一無可取。那大胸乳過了幾年後往下垂，更是倒胃口。

他抱怨真是命苦，受到兩個真假大胸乳妻子的累贅，一生沒有長久享受到夫妻之樂。20.9.14

奴隸和自由

以前有這麼一個家庭，養了 7 個奴隸，他花錢買了他們，供給他們吃住，讓他們在農場工作。

這些人聽說，外面有自由人，要想恢復自由身。他不願意放走他們，因為他花過一筆錢，購買他們來為他的農場做事。

後來本國人失業的越來越多，起初在他家門外排了十多個人，他問他們要做甚麼，他們回答來為他工作。

他說，他不需要僱用人。

後來在他家門外排了 30 多人，他們又說，希望能為他做事。

他問他們的薪金一天多少，他們每人只要五毛錢。

他盤算，他花在那些奴隸身上的吃喝住，一天每人至少要八毛錢。

次日當那些奴隸又吵自由時，他遣走養的 7 個奴隸，說他們自由了。他們中的有一人問：

「我們該去哪裡？我要繼續為你工作。」

他回答：「你們要工作的話，可以排在門口那些人的後面。每日能賺到 5 毛錢。」

「晚上我們要住在哪裡？」

「這不是我的事，你們要自由的話，就要自己負責你們自己的食衣住行。這是自由的代價。這是奴隸和自由的區別。」 27.9.14.六

你兒子結婚了沒有？

A：你兒子結婚了沒有？

B：還沒有，不過下個月就要結婚。

A：他們在美國結婚？

B：不，他們要去台灣結婚。

A：噢，我知道了，原來他去娶一位台灣小姐。

B：不是的，她是大陸人。

A：那為什麼去台灣結婚？

B：這樣才新鮮，台灣都不是兩人生長的地方。

A：你去參加婚禮？

B：太遠了，去參加太浪費金錢。

A：你兒子不在乎，你在乎甚麼？

B：這就是兩代的人，生存的時間空間不同，想法不同，他請的都是他的同學同事，我夾在裡面沒有意思。

A：你兒子認識對方多久了？

B：有三年，他們生的小孩都已經快滿一歲了。

A：那怎麼現在才要結婚？

B：你這句話問的可多餘。不是他們的兒子生在前的話，他們現在也不會想到去結婚。2.10.14.四

德航空公司人員工罷工　7.10.14.

A：德國航空公司 LH，罷工沒關係，德國境內可以乘火車 Zug 去。

B：我的家庭醫生禁止我這樣做。

A：為什麼呢？

B：由於我常感冒，醫生不准許我坐在 Zug 兩面通風處，因此我不能坐火車。

這是德文同一個字，Zug，可以指火車，也可以指通風的地方。醫生是要 B，不可坐在通風處，而 B 以為是不准搭乘火車。這是因為 Zug 一字有兩種完全不同的意思。

爲什麼有些人會有很多的皺紋？

他問：為什麼有些人老了後，會有很多的皺紋？

「可能用很多的化妝品，把皮膚弄壞了。」

「可是妳沒有甚麼皺紋。」

「誰說沒有，雖然我不用化妝品。」

「妳並沒有皺紋。」

「你也沒有皺紋。」

「這是因為我們都年輕。」

他說完後，他們都笑了。 21.10.14

「德國破產」Deutschland ist pleite 12.11.14

他說「德國破產」，我嚇了一跳，他又接著說：

德國對外拍賣，沒有人要買。

哪會有這種事？

追問之下，原來他是指那隻大遊輪，以德國為名的遊艇。

這隻游輪在今年 2014 年 10 月底來過馬耳他。那時正是威英他們來訪馬耳他。他們看到那隻船隻的出現在海港，很是高興。

此船名字叫德國，是掛德國國旗的遊輪。德國從 1981 年起到 2014 年由 ZDF 電視台播放連續劇影片：Das Traumschiff 夢想的船，是以這隻德國遊艇為主軸拍攝的不同旅客和船員的種種故事。在德國十分的賣座。

此 5 星級的船，在德國非常受喜愛。

2012 年 6 月，德國船今後應挂馬耳他的旗幟。這個問題公開討論了好幾天，該公司表示，不改標記。該公司承擔了"情感氛圍"，並"鑑於巨大的利益"決定要繼續挂德國國旗的船舶經營。

可是因爲經營不當，發行 5 千萬債卷，每年要付 2-3 百萬歐元的利息。今年十月底提出破產申請。

它還在繼續航行，等待新的買家來購買它，拯救它的破產命運。

Merkel 的男朋友

他說：「快來看，德國總理 Merkel 的新男朋友。」

「怎麼可能？」

「有相片為憑。」

我過去看，震住了。

鼻子和額頭固定加壓在一起的對待訪客，是紐西蘭原住民的一種習俗。

原來是 Merkel 拜訪紐西蘭，當地原始居民的見面禮，是鼻子對鼻子的摩擦。

聽說這也是愛斯基摩人的見面禮。難道這兩個種族，原始來源是一樣？

之後 Merkel 准許撫摸象徵紐西蘭國家的 Kiwi-Vogel 鳥，將其放生。

Kiwi-Vogel 鳥，也稱“幾維鳥”，鷸鴕，是紐西蘭的國鳥及象徵，“幾維鳥”因其尖銳的叫聲「keee-weee」而得名。

鷸鴕主要的繁殖季節是在每年的 6 月至翌年 3 月，如信天翁、海鷗一樣。為一夫一妻制，關係可長達 20 年，即使配偶死亡亦會守寡。鷸鴕會挖地穴築巢，較為隱蔽以防被襲。

鷸鴕還有一個很“奇異”的習性，即由雄鳥負責孵卵的工作（紐西蘭人也因此稱顧家的男人為“Kiwi husband”）。雌鳥下了蛋之後，角色即轉變為在洞穴外守衛的衛兵。鷸鴕的蛋十分巨大，約半公斤，相當於雌鳥體重的三分之一。

由 Kiwi 鳥，想到同名的 Kiwi 果，奇異果。一般都認爲它來自紐西蘭。

我們所熟悉的 Kiwi 的花，有雌雄之分。

Une fleur femelle de kiwi.雌性花

Une fleur mâle de kiwi.雄性花

此物種原生地為中國，在中國湖北宜昌的獼猴桃，其種子在 1904 年被帶到紐西蘭之後，由當地的果樹專家，之後輾轉送到當地知名的園藝專家亞歷山大手中，培植出紐西蘭第一株奇異果樹。迄今為止，紐西蘭出產的綠色奇異果，佔世界首位。

這是我們一談到奇異果，就會想到紐西蘭的原因。

小牛去買一幅由 100 元減到 20 元的東西

小牛看到店鋪內做的廣告，機會難得，一件 100 元減價到 20 元的東西。這次是一幅複印的油畫。

他想，那幅複印的油畫，固然他並不需要，不過它是梵古的一張向日葵油畫，從 100 元減價到 20 元，還是值得一購，原畫要好幾百萬美金。

於是他進入此店鋪。

這時門房小姐說，只有會員才能有這種優待。會員證 30 元。

他想，這也無妨，20 元加上 30 元，還只有原價的一半，以後還可以利用此會員證，來此購買到減價貨，這樣還是值得。

他付上這 20 加 30 元，50 元後，有人領他到頂樓，那裏聚滿了人，等待看有關梵古一生的作品，影片本身不用付款，不過入內要付一杯茶水費用 50 元。因爲要購買此幅減價複印油畫的人太多，要等觀完影片後，還要按號碼先後才能領取，到貨品分完爲止。

小牛心想，有那麼多的人在等待購買此幅複印的油畫，即使他以 100 元購得，還是值得，他能有會員證，和茶水喝，也是值得。他又付了 50 元后，得到一個號碼。

看完了電影，喝完茶后，每人按號碼領取。2/3 的人都得到了那張梵古的影印畫，只剩下 5 張。有人喊，只要能買到這張梵古的複印的油畫，寧可多付一點錢。這樣你一喊，我一喊，小牛也跟著喊，他得到最後一張，是 500 元。

小牛拿了這幅複印的油畫返家后，他不知，是否他吃虧了，還是佔到便宜。18.11.14

一群要去見 M 主教的人

這一個城鎮跟另外的三個城鎮的信徒，組成一個朝聖團，要去耶路撒冷朝聖。

他們聽說在那裏，會有一位 M 主教領導他們做彌撒，講道。

每人都很好奇，大家談論，見到 M 主教時，要說什麼話。

有人說，他認識 M 主教，這是一位了不起的主教，身上著主教衣服，頭上戴主教帽子，高大的身材，戴一副眼鏡。

二十多個朝聖的人，大家爭先恐後的發言，談論這件事。他們都以能夠有機會會見這位 M 主教為榮。

只有一位矮矮個子的亞洲人默默無語。

有人問他：「你來德國多久？」

「沒有多久，我只是路過德國，也打算去朝聖，所以就順便跟你們一起參加去耶路撒冷朝聖。

「你不想會見 M 主教？」

「這並不是重要的事，我主要是去朝聖。」

等到了耶路撒冷，做彌撒的時候，大家才知曉，原來 M 主教就是那位默默不語的亞洲人。27.11.14

你知道莎士比亞嗎？

你知道莎士比亞嗎？

我聽說過，但是我不喜歡這啤酒的味道，只有巴伐利亞啤酒的味道才對我的胃口。 8.12.14.

競爭的另外一面

A 很高興的開了一個食品店鋪。

來了一個顧客，要買橘子果汁。

顧客看了這家的橘子果汁價格，說：「同樣品牌的橘子果汁，別家只賣 10 元，你這裡怎麼賣 12 元？」

A 不得不將價格減少到 9 元。

而另外一位顧客來了，說：「同樣品牌的橘子果汁，別家只賣 8 元，你這裡怎麼賣 9 元？」

爲了競爭，他把價格減到 7 元，比成本還低 1 元。

同樣的，一瓶草莓果醬，他把價格從 30 元減到 18 元，比成本少 2 元。

一個月後，他收到房租漲價單，他不得不關門大吉，還欠了一屁股的債。15.12.14.一

鳥討論人　15.12.14.一

兩支鳥在討論人。

A 鳥說：「人以為他們最聰明，什麼都行。」

B 鳥說：「而且人做什麼都是非常的複雜。來一些法律條文，倡導仁道，卻處處殺生。而他們妒忌爭執不休。」

A 鳥說：「就拿飛行來說，我們要飛就飛，用不著，發明飛機，去利用油來飛行。」

B 鳥說：「搭乘飛機還要買機票，又分等級，貧富不均，又鬧得社會不安，飛行員還會罷工。」

AB 鳥說完後，很高興的繼續飛行。不料 B 鳥被打獵的人一槍打落。

A 鳥說很悲愴的說：「這就是人類所謂的仁道！」

一人擁有世界

世界經過一場大戰后，只有他一人存活。

他起初非常的高興，整個世界都屬於他的，他一人擁有世界，他是多麼的富有。

他不必羨慕別人住大的宮殿，吃山珍海味，佔有顯耀的地位。

他不必去找工作，跟別人競爭。他不必受制于人，他能有一切的自由，享用天下所有的資源，這真是得天獨厚。

他高興極了。

可是沒有多久，他肚子餓了，要找吃的。沒有一家店鋪能買到食品。到處都是空空如也。

天黑了沒有燈光，次日天亮了，他並不喜悅，因爲他肚子餓，沒法解決三餐。

他寂寞，沒有人能跟他聊天。

他開始跟以前一樣的怨天尤人，而他什麼回應都沒有得到。

這樣又過了三天，他飢寒交迫，他不得不對天說：

「我擁有這麼多的財富有什麼用！」

這時他聽到一個聲音回答：「這是你所想要的。你恨別人，恨和妒忌所有比你有錢有能力的人，你要他們都死光，這正是你的願望。」

「不，不，我什麼都不要，只要跟以前一樣，有一份能夠糊口的職業，過一個平安寧靜的生活。」

「那麼你要對天發誓，這是你的新願望。」

「我發誓，我發誓。」他逐漸筋疲力盡的昏死過去。

當他再度醒來，他發覺睡在自己的小小臥室的床上。

原來這是南柯一夢。

他高興的在抽屜中找到錢包，走出到街上，買了燒餅油條，他從來沒有享受過這樣可口的一頓早餐。

他體會到，跟人合作，跟人分工合作的重要。這是人人為我，我為人人的世界，只有這樣生命才有意義，他體會到，別人存在的重要性。

從此他開始了他的一個新的生命。15.12.14

亞當的話

現在歐洲很流行的一句話：「窮人越來越窮，富人越來越富」，雖然它不符合事實。

話說上帝在造了亞當後，還沒有造夏娃，亞當就說：「窮人越來越窮，富人越來越富。」

上帝覺得很奇怪，就說：「世界上只有你一人，何來窮人越來越窮，富人越來越富的道理。」

亞當回答：「不管它對不對，這句話很動聽。」15.12.14

所有都在同一個房間　16.12.14

今天德國的明鏡雜誌報導，Russland 俄羅斯在崩潰邊緣。Ukraine 烏克蘭威脅要破產，要求歐盟的協助，歐盟拒絕。

歐洲的金融市場因此也受到影響。

西方與俄羅斯的衝突，俄羅斯與烏克蘭的衝突，不僅影響俄羅斯與烏克蘭，而且影響到整個世界。

就像房間裡有 7 個人，他們想用毒氣摧毀一個，但最後每個人都受到影響並喪生。

那個妻子扔掉丈夫的藍色外套

一位妻子把丈夫的藍色外套丟掉，

丈夫問，為什麼？

她說它是藍色。

那為什麼要扔掉藍色呢？

正如鄰居所說，她的丈夫總是喝醉酒的（德文醉酒稱為藍）。

如此類似，許多事物彼此不相關，但人們的反應是連貫的。

股票專家誰聰明？

在股票市場上，有買家和賣家雙方。

不管是什麼情況，也都是買家和賣家雙方來協調價格成交。所不同的是價格。它時高時低，雙方都認爲他的決定是對的。才會一個要賣，一個肯買。

有人問股票專家，到底這股票買賣，是誰聰明？

他的回答是：這只有事後才知道。 19.12.14

逃避工作

兩個月來 F 沒有來工作，她說臂膀痛，之後小腿痛。

今天她敲門來看這邊的情況。

她說，她每天早晨起不了床，因爲手腳行動不便。

S 後來對我說，她只是懶得工作，要她丈夫做這做那。

他說，該回答她：「我們認識一個人，沒有任何不適，可是冬天早上不願意起身，因爲太冷。這不是只有妳有這種毛病。」

19.12.14

三種喜悅

曾經讀過這麼一句諷刺的話：

人有三種喜悅：

1. 損人利己
2. 損人不利己
3. 損人也損己

美國心理學家做了一個實驗：

給 9 歲以下，這裏是分糖果給 4 歲的小孩的實驗。

一個得三顆，另外一個只能得一顆，可是得一顆的可以決定，他若放棄自己得一顆，這樣可讓那得三顆的人，一顆也得不到。結果絕大多數的小孩，寧可放棄自己得一顆的好處，讓另外一個分到三顆糖的小孩跟他一樣，一顆也得不到。

這是美國發表在“生物學快報”Biology Letters“英國皇家學會 britischen Royal Society 的一項研究。

這說明小孩天生的心理，對分配不均的抗議。這是一種不平之聲，不平則鳴。這種心理可以發展為正義之聲，因為這是沒有原因的分配不均。妒忌和正義是有區別，妒忌是負面情緒，正義是一種美德，需要有見識和勇氣，不同流合污。有時妒忌打著正義的口號來擾亂社會秩序，這就是偽君子，我們不可以忽略其中的區別。

在動物身上也作了實驗，兩種不同的食物，一個好吃，一個不好吃，當都是一樣得到不好吃的食物，大家都吃。可是有一隻得到好吃的，另外一隻是得到那種不好吃的，那隻動物會拒絕吃食牠所得的食品。但目前還不清楚，動物這樣的行為是什麼動機。

第三種喜悅或說抗議，是人和動物似乎一樣，是一種最低級的喜悅，這是人性中的獸性。

這點不容忽視。管子的「不患寡而患不均」是深知民心之情。

對 9 歲以上，和不同成人的試驗，結果就有不同的結果反應。接受實驗的人，往往表現出自己更為非正式的行為：他們退而求其次來對待對手，讓對方得利。然而，科學家們懷疑，至少在成年人實驗的臉上看出，他們不願意被認為是憤懣。他們的行為盡量適應社會規範。

這說明，成人受到教育文化的熏陶后，知道對己身的利益有另外一種理智，榮譽，厲害關係的衡量，來作為有所取捨的標準。

文化熏陶了人類競爭的文明表態。希臘運動會流傳下來的運動員的風度，失敗者要向得勝者祝賀。

人類從原始的雜居、雜交的狀況，發展出家庭，群衆，群族利益，各種仁義道德禮教，這是文化。

一旦習俗文化構成，人們還會有原始的獸性，就感覺到文化禮教權威束縛的不自在。或者做表面工作，假惺惺的奉承，就產生了僞君子，小人的行爲，或者想法改良改正文化後面造成的不滿，這是改良派的作風。

也有對社會政治不滿，來武力革命，自己上臺，這些人有良莠不齊之分，若是只為一己的權力地位，當政後就貪污，當政後收刮民脂民膏，比先前的情況更糟糕。要是有作爲理想之士上臺，不霸道，如美國的獨立革命，產生新的一個國家，成爲當今最富裕的國家，心胸寬大，融合世界各地的民族文化，成爲心血輪的國度。

人和人之間產生密切合作的關係，有錢有勢的人跟老百姓打成一道，這是中國人所說，獨樂樂，不如與人樂樂，與人樂樂，不如與眾樂樂。這是要有健全的制度，和健全的人民素養才行。

現代的知識專精，而且是精益求精，可是人的心理層次，仍然比人所造出的文化落後。妒忌心強，要求一切平等的國度，會使此國，裹足不前。

能讓人們發展人盡所能，在法律面前，當政者和老百姓一樣對待。人們的機會均等，各憑所能發展，這樣的國度會富裕。

對於人的心理，不能不知。因爲人的作爲，脫離不了人的心理。不管是醫學，政治，經濟，法律，哲學，歷史，都要了解人的心理層次，才能在分析研究方面，不至於走失離譜。28.12.14.日

第五章　兩面的人生

不同的抗議：法官和風化犯　6.1.15.

法　官：你爲什麼不穿衣服？

風化犯：我唯一的一條褲子有一個洞。

法　官：有個洞也得要穿，不能裸體，罰你這次犯風化罪一百歐元。

過幾天風化犯又被帶到法官面前，這次被逮捕的原因是因爲他穿一條褲子，在前面漏了一個大洞，他的性器官全部曝露在外。

法　官：你怎麼能穿這樣一條褲子？

風化犯：我上一次被罰 100 歐元，我說了，我唯一的一條褲子有一個洞。你要我穿它。這是你說的話，怎麼可以來怪我。

法　官：可是穿這樣的褲子，比不穿還更顯眼，更糟。

風化犯：所以上次我裸體，卻被罰 100 歐元。這次我穿褲子又被抓拿到法庭罰，今天你說穿它，更糟糕，那麼我裸體的話，就不能再來逮捕我了。

法　官：可是我不知道，這條褲子的洞在前面。

風化犯：我說了，它有一個大洞，你又沒有問我洞在哪裏。

法　官：身體上有些重要的部分不能暴露。

風化犯：誰說的，頭是最重要，可是我們每人都暴露頭。每個嬰孩出生都是裸體，卻不遭受處分罰款。模特兒還能以裸體賺錢。更不要說黃色色情影片充斥網絡市場。這些你們法官都不去管，卻來找我的麻煩。我看，還是快還回上次我被罰的 100 歐元，以後別再來找我的麻煩。

他燙了小手指　7.1.15

他上週在熱盤子的時候，燙傷了小手指，他說，爲什麼老是傷到小指。

後來他說，這句話，大拇指聽到，可要抗議，說：「難道這是指可以讓我來燙到，怎麼不來珍惜我，太不公平。」

兩人拿手機打電話　7.1.15

兩個人坐在同一間房間，互相拿手機打電話。

有人覺得奇怪，問，何必用手機打電話，他們大可以當面的講話。

他們回答，既然買了手機，就要多多應用它才行。

我要保險　8.1.15

一位太太對來向她游說保險的人說：「我每次的決定都是錯誤，受到很多的損失。我能不能保險我的錯誤決定。」

對方回答：「小姐，現在還沒有這樣的保險。妳還是把妳的這筆保險費自己收起來好了。」

「你們這些保險公司只管穩賺的險，有風險的就不保，這算什麼保險！」

「我們的人壽保險，疾病保險都是保風險的。誰能長壽無疆？誰能一輩子不生病？」

「可是每個人都會犯錯，尤其犯決定的錯誤，爲什麼你們就不保此險？」

「人死只死一次，而錯誤每天都可能犯無數次，這是我們沒有這種保險的緣故。」

「你們好勢力。」

「小姐收起妳這筆保險費，這將是妳做的第一次沒有錯誤的決定。」

恐怖份子被審問　8.1.15

一位警察抓到了一個恐怖份子嫌疑犯，問他：「你來自一個富裕的家庭，爲什麼加入恐怖份子行列？」

那位年輕人回答：「因爲我父親給我的零錢太少。」

尋安樂死的人　8.1.15

在法國回教徒闖進"Charlie Hebdo"報社，殺死 12 個報社人員。

有人聽到這個消息就諷刺的說：「那些要尋安樂死的人，何必委託醫生，只要諷刺回教徒和他們的信仰，保證次日就是他們的死期。」

受到起訴　10.1.15

這個國家是最文明的國度，如何證明？因爲對動物特別的愛顧。

一個養貓的太太眼睛不好，去店鋪買貓飼料，弄錯了，買成了給狗的飼料，拿來給貓吃。她受到起訴，罪名是，虐待貓。

****

一位醫生養了狗，又養了貓，把牠們的飼料弄錯了，狗以爲變成了貓，就縱身一躍，摔死了。貓以爲變成了狗，跳到河裏游泳，淹死了。

那醫生受到起訴，犯了虐待動物和謀殺動物罪。

他的律師為他辯護，說貓和狗都是活的不耐煩，請求醫生給他們開安樂死的藥方。

這樣醫生才受到無罪的釋放。

****

一位商人養了一隻鸚鵡，被起訴，因爲當稅局人員去查稅時候，鸚鵡說：查稅的人是臭狗屎。查稅員非常的生氣，說這句罵人臭狗屎的話，是侮辱國家行政人員。

那商人說，他沒有說這句話來侮辱對方，那是鸚鵡說的話。

查稅人不予理會他的辯解，說這是主人教鸚鵡說的話，這是侮辱國家的行政人員，告到法庭。於是主人和鸚鵡被起訴。

起訴時，那人必得帶他的鸚鵡一塊去法庭出庭。

法官問被起訴者，他有沒有說：查稅的人是臭狗屎。他回答，他沒有說這句話。

這時鸚鵡自動的說：查稅人員是臭狗屎。

法官看到這情況下了判決：鸚鵡的話，是主人教出來的，因此鸚鵡和他的主人都有罪，這時鸚鵡又說：法官臭狗屎。

法官大為動怒，就說，判鸚鵡無期徒刑。

因爲這個國家廢除死刑。

這時鸚鵡不住的罵：查稅員是臭狗屎，法官臭狗屎。

法官一氣，就給鸚鵡一個巴掌。

其結果是，法官以虐待動物罪名受到起訴。

憐憫心　12.1.15

小林罵他的鄰居老王：「那老王簡直是個混蛋，一點沒有憐憫心，他太太生病的厲害，癌症末期，不知體貼，還命令太太做這做那的。」

「誰說他沒有憐憫心，他當然有。」小李反對的說。

小林憤憤不平的說：「那個狼心狗肺的人，若是有憐憫心的話，在哪？」

「在動不動的就憐憫他自己。」

連炒一個蛋都不會　12.1.15

有些男人要表示他為男人的自傲，就向人吹噓說，連炒一個蛋都不會，尤其看到女人多，就來他的自大狂，說他連炒一個蛋都不會。

一天小周又向同事這樣吹噓。

小王看不過去了，就說：「你難道沒有讀過最新的報導？」

「什麼報導？」

「男性對愛的細膩體貼，可以從他炒蛋的手藝看出。」

「這是什麼新玩意？」

「根據心理學的分析，蛋是雌性的生產物，代表女性。一個戀愛聖手，會炒出一盤鮮明的蛋，這樣就能得到女性的青睞。我看你所以還是光棍一個，就是在吹噓連炒一個蛋都不會。」

小周聽到後，在家秘密的學習炒蛋。沒一個月，他就能炒出一手可口的蛋。

他認識一位新來的雇員溜溜，邀請她到他家中吃炒蛋。

他這樣精心的調製，溜溜吃的好開心，半年后，他們傳出好消息，要結婚了。

小王說，這得要感謝他，告訴了小周這一招求情妙計。

妳丈夫在哪裏做事？ 15.1.15

A 太太說，她丈夫在西門子公司做主管，A 神氣得很。

她問 B 太太：「妳丈夫在哪裏做事？」

B 回答：「他在超市當經理。」

A 問 C 太太：「妳丈夫在哪裏做事？」

C 回答：「在監牢。」

AB 兩人嚇了一跳，忙問：「他犯了什麼罪。」

C 太太回答：「他是監獄的獄長。」

Weber 先生大罵 LH 德航 15.1.15

Weber 先生時常旅行，他是德國人，就每次搭乘德國航空公司，要申請升級的 Meilen und More，他填了好幾個表格，卻是老是辦不通，把四張 Meilen und More 的卡片用力丟往一旁，說他不要再乘 LH 的飛機。罵這個 Meilen und More 卡片是虐待顧客。

Weber 不記得 Meilen und More 的秘密號碼，而在這期間他的郵件號碼也換了，因此什麼都行不通。

他罵了一陣子後說：

不能抱著要得到禮物，這樣使自己變成一個 Depp 被人捉弄的笨瓜。

你是 Arschloch 笨蛋蠢材　16.1.15

一個古堡的新主人，召集一位建築師和工匠，視察他古堡外部，以便進行翻新。

建築師和工匠來了，看到古堡周圍只有水。

工匠問："怎麼建造架子翻修，古堡周圍只有水。"

古堡的主人說："你是專家，你為什麼問我。"

建築師說："這是一個問題。"

古堡主人正要破口責罵：你是 Arsch。

建築師生氣的抗議：你怎麼能稱我為蠢材！

堡主人馬上見機回答："是你打斷我的話，我的整個詞是 Architect 建築師！"

律師醫生和神父　16.1.15.五/17.1.15.

在德國，律師醫生和神父三者都是有保守秘密的義務，因爲來求教的人，都是人們有了困難，要他們去除在身上，心理上的加重負擔的累贅物。

人們都是有了訴訟糾紛，要求律師為他們解決減少賠款或處分。

人們身體上有了疾病，自己沒法去除，祇有請求醫生幫忙去除疾病。

人們犯了罪，向神父告解，祈求贖罪。

因此這三種行業的人，穿著都是黑色或白色。他們對人們的行爲罪惡瞭解最深刻。

這三門職業，賺的錢都不算少，可是很難成爲大富豪，因爲他們對待病人，都是一對一。他們除非有特殊的建樹，如發明一種治療方法，發現一種疾病的原因，他們很少能夠留名。

而藝術家，包括文學家，音樂家，靠他們的創作，創意，卻能夠名垂不朽，有些還能成爲大富豪。不過這只是極少數的藝術家能夠達到這樣的境地，多半的藝術家，生活勉強的過，享受不到尊重榮譽。

而企業家，他們的企業能夠造福人群，財源不斷，能夠成了企業巨子，以前是工業鋼鐵巨子，石油巨子，而現代是電腦業巨子。很多來自普通家庭，一旦功成名就后，財源不絕。

這又是其它行業無從以金錢來跟他們相比了。

上帝給男人鬍子　16.1.15

上帝創造男人時，給予鬍子。這樣男子冬天出去打獵，能夠有長鬍子禦寒。

可是到了文明世界，男人不必要打獵，而要上班，那麼每天要剃鬍子成了一件麻煩的事。

這時上帝胸有成竹的說，沒有關係，在這段時間，女人要化妝，弄頭髮來取悅男人，女人需要時間來整理頭髮取悅男人。這樣女人就不必嫌等男人剃鬍子，嫌等男人麻煩。

可是近代的女人為職業婦女，弄頭髮化妝要花不少時間。

反過來，變成男人要追求女人，又是得要等待女人化妝。

這時上帝說：「誰想要娶女人的，就得要有耐心等待！」

被偷的禮物　19.1.15

有一位妒忌的同事，退休離開職位後，要報復她的老闆。

她在聖誕節時候，給老闆寄去一個聖誕節禮物，是一包巧克力。

她假惺惺的給老闆寫了一個郵電，說明她感激幾年來老闆對她的照顧，所以寄上這個禮物。

可是這個禮物卻沒有到達。它被腐敗的郵局職員劫回家。

她老闆，卻是久等巧克力遲遲不來。聖誕節過了，他讀報紙刊登：一位郵局女職員，吃了巧克力，中毒而死。

在海關　20.1.15.

德國邊境，海關人員逮捕到一位拿一大量 50 歐元鈔票的人。

海關人員問：「你明明知道不准帶那麼多錢進出入德國境界。」

「那是假鈔票。」

海關人員：「這還得了，你造假鈔票。」

「否則我哪裏有錢用。我總不能把印鈔票機器帶來帶去的出入境，這太笨重。」

「你還說出這種話，來人啊，我們快來逮捕這位造假鈔票的人。」海關人員叫他的同事來。

「證據在哪？」那人抗議。

「證據就在我手上的假鈔票。」

「它只能說明你用假鈔票的證據，而我身上沒有假鈔票。」

海關人員一聽，嚇的連忙把鈔票丟到垃圾堆裏。他打電話給警察，來逮捕這位造假鈔票的人。

警察來到，要逮捕那人，他抗議：「你們不分青紅皂白，誰說我造假鈔票。這是誣賴良民。我要以濫用職權來起訴這位海關人員，他沒有證明，就叫警察來亂抓人。」

「是你自己說的那是假鈔票。」海關人員說。

「哪能道聽途說的聽一面之詞，不加以證實，就亂逮捕人，還把我辛苦賺來的錢丟進垃圾堆中。」

這時海關人員和警察都震住了，不知如何回答才好。

那人不慌不忙的把海關人員丟進垃圾桶的那疊50歐元鈔票撿起來，揚長而去。

海關人員和警察互相看著，不知所云，有一點是相同的，他們慶幸那人走掉，沒有鬧出事情。至於那人是否拿的假鈔票，或是身上帶過多的鈔票違法出境，他們就不得而知了。

Mickhausen 和 Schweckhausen 的區別？　20.1.15

他問我：Mickhausen 和 Schweckhausen 的區別是什麼？

我回答：它們有不少的區別。

他　說：這太複雜，答案很簡單，是字母前面的 Mi 和 Schwe 有別。

老年人的對話　20.1.15.

兩位老年人在海邊，釣魚。

A：你希望能釣到魚？

B：我並不希望。

A：那你爲什麼來釣魚？

B：只是為消遣打發時間。

A：那不如看電視更好。

B：我不喜歡電視的喧擾。

A：你知道我爲什麼釣魚？

B：也許也在打發時間。

A：我在磨練我的耐性。我一生忙忙碌碌，從來沒有時間沒有耐性等待。

B：你在等待釣到魚？

A：是的，我是希望能釣到魚。

B：好回家烹調做午飯？

A：不，我不吃魚，不過我養了一隻貓，牠在等待我帶回一條新鮮的魚給牠吃。

B：你比我幸福，因爲你有希望，你的貓需要你。

一些區別：看到一艘軍艦　21.1.15.

午飯後我們緣著海邊走，他遠遠的看到一艘軍艦。

他開玩笑的說，那是馬耳他的艦隊。

走近一看，那是一艘軍艦，可是賣給私人。軍艦的船身塗上一塊有顏色的像是旗子的標記。那是代表什麼？

不知道。

他說，那軍艦不能放炮，但是他能放煤氣對抗。

我說，不見得，該放的時候，他就能夠放得出來。

他說那麼需要一個 Gas Kammer 來儲藏。

我不再去那家飯店吃飯　21.1.15

A 跟 B 說：「我不再去那家飯店吃飯了，上次叫的菜好難吃。」

B 過幾天看到 A 又在那家飯店坐著，很不解的問：「你不是說不再去那家飯店吃飯了？」

A 回答：「我是指，我不再走去那家飯店吃飯，而今天是開車到那家飯店吃飯，兩者是有區別。」

虐待動物　21.1.15

這家飯店來了一個顧客。

他得到的菜，是再度熱的排骨，難吃的很。他沒有說什麼話，要跑堂將這個難於下口的菜，包裝起來。

不久飯店老闆得到一張被起訴的通知。說他飯店的菜，是虐待動物。

這位老闆很不解是怎麼搞的，他沒有虐待動物。

原來是那位得到再度熱的排骨顧客，將那排骨給他的狗吃，狗不肯吃那排骨肉，向主人不住的吠叫，表示狗的不滿抗議。

你女朋友如何？　22.1.15

A：你女朋友如何？

B：我對她很滿意，她又漂亮，又年輕能幹，還會賺錢。

A：那你真有福氣了。

B：也可以這麼說，不過衹有一點很使我我煩惱。每次都要等她好久。

A：女人化妝，男人得要有耐心等待才行。

B：她漂亮得很，有很多的男朋友，連吻她一下，還得要跟上郵局一樣，得要抽一個號碼，然後等著我的號碼出現。

男人要小心　22.1.15

一般的女人，釣到一個金龜婿后，就逐漸的不再像小姐時代，那麼的注重修飾打扮了。

所以，婚後十多年的女人有黃臉婆之稱。

可是，當她有一天，突然的注意打扮起來了，男人就要特別的小心。

小林是我的同事，有一天他的老婆開始打扮了。

他不敢罵他老婆，只突然的問她：「妳的男朋友是不是小李，木子李的小李？這小子，每次看我去上班，召集開主管會議時，他就偷溜掉了。」

謀殺犯　24.1.15.

一位謀殺犯在他殺人前把手槍交給警察。

你問爲什麼？

因爲這樣他以為警察不會嫌疑到他。

那麼他怎麼去殺人呢？

他還有第二把手槍。

三種路　30.1.15

第一種路，如德國，平坦沒有洞穴。

第二種路，是不平坦，不時出現洞穴。在世界各地都可見，以前的東德也遇見過。

第三種路，是祇有高低不平洞穴處，這是尚未開發出來的路。世界起初都是如此，文明使得人們開發出前面兩種路。

你將來要做什麼？　31.1.15

老師要學生每人寫下將來的志願。

有一個學生寫，做國王。

老師想，這個小孩發瘋了，在 21 世紀的英國，哪有小學生能夠自願當國王的。

後來一查，原來他是王太子。

你父親的職業是什麼？　31.1.15

老師問學生：你父親的職業是什麼？

問到一位學生，他的回答：Hochstabler.吹牛皮

老師聽了很奇怪的說：吹牛皮 Hochstabler 不是職業。

學生回答：當然是。我父親在一家公司做事，開車子，把一堆堆的貨品裝到高處的櫃子上去

德文 Hochstabler.有兩種意思 1. 吹牛皮 2.往高處裝貨物

他們不來的話我這雙漂亮的鞋子等於白穿了　1.2.15

早上我要 S 先下樓去早餐，我還要做操。

他穿了很漂亮的皮鞋，因為威英他們要來。可是還沒有得到他們什麼時候來的消息。

他穿上那雙很漂亮的皮鞋下樓，他說：「若是他們不來，我這雙漂亮的鞋子等於白穿了。」

「你穿上這雙漂亮的鞋子，自己心裏也會感到舒暢，怎麼會等於白穿了！」

這樣他才很高興的下樓早餐。

妹妹哭著告媽媽　1.2.15

這兩個小孩時常吵架。每次都有另外一個原因。

這次小妹妹又哭著告媽媽：「媽媽，姐姐又把我的東西弄壞了。」

「你們兩姐妹怎麼老是吵不完。」

「這是姐姐不對，她說她要當醫生，要給我吹的氣球針灸，而她一下針，氣球就爆掉了。」

談論諷刺的台北市長　14.2.15./15.2

A：台北市長是叛國者，正如他所表達的那樣，國家的文化和現代化取決於共同殖民的時間 Konolization。

B：他說的是對的。

A：那你也是叛徒！

B：等等。現代化仍然很糟糕，例如更高的稅收，同性戀，女同性戀，城市化，示威遊行。所以 Konolisation（集群現象，移殖，殖民地化），對一個國家不利，市長說對了！

民主決定：在一所醫院内

有一所醫院，凡是急診的病人，都是在求治之前過世。

追究原因，因爲這所醫院采取民主決定，病人要經過護士，醫生，民主決定后，才能給病人進行手術和治療。可是時常在開會時，意見不一，以致病人受到耽擱治療的時機而死亡。

民主決定：氣象局

這個氣象局是采取民主決定，認爲人定勝天。

農夫要天下雨，旅行社要晴天，最後他們決定要晴天，而老天不聽從使喚，卻下雨。

下次終于決定要下雨，而老天卻是十天天旱不下雨。

找尋過錯，在于主任，主任開除后，新換的主任，雖然有各種儀器使用，知道多半次日是下雨或晴天，可是他照樣不能自行決定，還是要按照大家的民主決定來宣佈晴天或下雨。最後這個氣象局被取締，因爲他們無能判斷天氣的晴雨。

稅制：一國的稅制

這個國家逐漸富裕起來，要以最先進的方式，以民主來決定稅制。

凡是收入不滿一萬元的人，都表決月入兩萬以上的人的交稅率是 50%。

凡是收入不滿兩萬元的人都表決月入四萬以上的人，交稅率是 50%。

凡是收入不滿五萬元的人都表決月入十萬以上的人稅率是 50%。

政府要將所得稅用來辦理公益事業。

第一年民主決定表決的稅率每月收入在五萬元以上的人稅率是 50%。

政府得到五億美金的稅收。

第二年民主決定表決的結果稅率每月收入在兩萬元以上的人稅率是 50%。

政府得到二億美金的稅收。

第三年民主決定表決的稅率每月收入在一萬元的人稅率是 50%。

政府得到一億美金的稅收。

政府喊窮，根本沒有錢來辦理公益。

而這個國家的人們，越來越窮，肯做事的人紛紛移民到富裕的國家。

這個國家的人，就罵那些移民的人都是沒有良心注重物質生活，沒有精神素養的賣國賊。

可是他們喊也沒有用，他們殊不知，這是他們妒嫉和貪心的民主決定的結果，是他們把那些有能力，肯做事的人，爲逃避苛政的高稅制度給逼走了。

剩下來的是貪官污吏和祇會抱怨的可憐貧困潦倒的人，他們的生活比以前更窮，失業比率上漲，而國家沒有足夠的稅收，沒法提升他們的生活品質。

警車　26.2.15.

有人打電話給警察局，告訴地址，說正有歹人闖入他家，要警察快派警車來救援。

警察要他詳細的說明，家住在哪一個地方，怎麼到那裏去，附近有什麼特別的建築，他能不能到那裏去等警車開來。

他著急的問，難道警車内的警察沒有地圖，沒有導航？對方回答有，可是那位警車上的警察，既不願意看地圖，也不會用導航。

他們說了半天，毫無結果，在這期間，歹人早就搶走了東西，揚長而去。26.2.15.

和平的方式　26.2.15.

一位很自大的丈夫說：我有一個維持家庭和諧的方式，祇要一個守則。

那是什麼？

他回答：祇要我太太完全聽從我的命令。

德國文字沒有混淆　2.3.15

A：你們中國字，太多字是發同樣的音，太多的混淆，誰能搞得懂。德文完全不同，不會有這種情況發生。

B：那可不見得。聽我講一個德文混淆的句子

Gericht，菜，法院

Ein Gericht hat ihn zu 10 Jahren Gefängnis verurteilt.

法院判決他 10 年監獄

Was? Wie kann man nur ein Gericht essen, und soviel Schaden ist verursacht und für zehn Jahre ins Gefängnis gehen.

什麼？吃一道會引起那麼多災難，被判 10 年監獄！

A 的丈夫死了　2.3.15

A 的丈夫死了，有人問：「他生什麼病？」

「肺炎。」

「肺炎怎麼會死？他怎麼不去治療。」

「他就是去治療，用最近代的方法治療死的。」

在海關—就事論事　5.3.15.

一個旅客在海關受到盤問：「你帶了一萬歐元以上的款出境？」

「沒有。」

可是海關人員還是打開他的皮箱，看到裏面裝滿了鈔票。

海關人員就問：「這些錢超過一萬歐元以上，要登記並受罰。」

「那不是真鈔票，是假印的鈔票。」

海關人員：「呃，原來如此，你爲什麼不早說，害我翻箱倒櫃的來查。我們這邊祇管抓拿帶一萬歐元以上現款出境的旅客，他們有逃稅嫌疑。」

****

一位過境旅客又被攔住，海關人員問：「你帶了一萬歐元以上出境？」

「沒有。」

可是海關人員還是要打開皮箱看。那位旅客不願意，但是海關人員卻還是打開皮箱，發現裏面藏了一個死屍。

那位過境人嚇得發抖，不料海關人員說：「我們這邊祇管抓拿帶一萬歐元以上現款出境的旅客，他們有逃稅嫌疑。你沒有帶這筆錢，可以准予離開。」

****

在入境機場的海關內，海關人員問：「你有沒有帶食品入境？」

旅客回答：「沒有。」

海關人員打開他的箱子，裏面裝了一個死屍。

「你騙人，你要逃避進口稅，你爲什麼回答沒有帶食品入境。」

旅客戰戰兢兢的回答：「死人不是食品。我沒有騙，我也沒有漏稅。」

海關人員一時答不上話來，就放那人通過海關。

狗和老虎的不同　10.3.15

A：你知道狗和老虎的不同的地方在哪裏？

B：牠們不同的地方可多了，你要知道哪一方面？

A：在喫東西上面。

B：老虎是肉食，狗是雜食。

A：我是指，狗看到人在喫東西，自己沒有得吃，會非常的不安。可是老虎不會。

B：爲什麼？

A：因爲老虎就喫掉人了。

Meer Blick 海景 mehr Blick 多風景　16.3.15.

旅客到德國的一家旅館說：「我要一間有 Meer Blick 海景的房間。」

櫃檯回答：「我們每間房間都有 Mehr Blick 很多美景。」

「那給我一樓的房間。」

櫃檯給了他一間一樓的 134 房間。

過了一會旅客拿了行李下樓，抱怨的說：「這房間沒有 Meer Blick 海景。」

櫃檯給他 254 號房間。

過了一會，此旅客又下來，同樣的抱怨：「這房間也沒有 Meer Blick 海景。」

櫃檯又給他一間 369 的房間。

仍然沒有 Meer Blick 海景。

旅客可氣壞了，罵櫃檯亂說話。

櫃檯說：「你要求要 mehr Blick 多風景的房間，每次給你的都是更多風景的房間。你還來吵什麼？」

兩人爭吵不休，告到經理那裏。

經理說：「你弄錯了旅館，我們這邊不靠海，哪裏會有 Meer Blick 海景的房間。我們所有的房間都是 mehr Blick 多風景的房間。」

德文的 Meer 海，mehr 更多，發音一樣。

這是一個自己沒有搞清楚，雙方鬧出爭執的事，可是世上還有更多，是基於心理的垃圾，責備攻擊對方的情況。

出氣筒　16.3.15.

我們每天新陳代謝都會產生許多的垃圾。

吃的垃圾到處可見，每天不知有多少的垃圾需要清除。

身體排除的垃圾，人人都有，也都可以看得見，如汗，尿，痰等等。它們可作爲醫生判斷疾病，治療疾病的根據。

可是心理心靈的垃圾，每人都藏在內心，看不見，所能看見的是他們的言，行，爭論，漫罵，打架，亂批評，毀謗，訴訟，謀殺…這些現象每天在社會上層出不窮。這些都是人類的恨，由愛轉恨，怨恨，憎恨，妒忌，不滿，造謠，毀謗，虛榮，貪心，欺負，欺侮，欺騙，敲詐，攻擊…等等心靈／心態垃圾，所表現出不同的現象。

我們每天所遇到的受委屈待遇，受到不平的責備，都是這些別人糟渣的心靈垃圾由無形顯出在有形的具體攻擊性的表現。誰成爲此出口的對象，誰就會自認倒霉，發出不平之聲。忍氣吞聲的嚥下肚，對身體很不好受，它需要發泄出來，可是向誰發泄？一般衹能對比其弱小的人們身上發泄出來。

很簡單的一個例子。

小時候我們家有一位幫著家事煮飯的老婆婆。她是位工作勤勞，盡心盡力的好幫手。

可是每當聽到盤子掉到地上砸碎的聲音後，會立即聽到她大聲罵家中的貓，有時還會追趕，打擊那隻白色的波斯貓。她需要對她的不小心損失盤子的怨氣，發泄在那隻跟這盤子不相關的貓身上，怪罪于貓。

中國有句待罪羔羊的成語。無辜的動物被殺犧牲來祭神，說出人類的一種欺弱，同時向神請求息怒，贖罪，祈福的心理表現，它在中外人類演進的神話，宗教，戰爭，歷史上，有痕跡可循，它也有取得心靈和諧的實際效用。

人類需要找藉口，來掩飾自己的過失，失誤，如前面的罵貓來發泄自己不小心的過失。

現代電腦也有這種意想不到的緩衝作用。不少的失誤，延怠都是可以怪到電腦出了毛病。

責難別人是屢見不鮮的現象，下面的一個小諷刺，請分享這種心態。

亂問話　16.3.15

A 跑到隔壁 B 家按鈴。

B 開門后，A 對著他大罵。

B 頗爲不解的問：「你爲什麼來罵我？」

A：「我太太要我來罵你。」

B：「我做了什麼對不起你們的事？」

A：「你來問我做什麼，你自己有數。」

B：「我知道的話，就不會來問你了。」

A：「難道你一輩子沒有做過錯事？還要我來點醒你？」

B：「我不懂你的意思。」

A：「你不要裝蒜。你做過很多值得我罵的事。」

B：「那我要來聽聽。」

A：「難道你要來跟我挑戰，以爲我找不到罵你的藉口？你這不識相的傢伙。」

B：「怎麼你又出口罵人？」

A：「這是因爲你老是亂發問。」

B：「我不懂，我亂發問什麼？」

B 看到在一邊觀察的 C，就問他：「你來評評理，我是不是亂發問？」

C 回答：「就憑你這句話，看出你是亂發問的人。」

Sauna 三溫暖　29.3.15.

三溫暖在德文叫 Sauna。

Sau 是女豬，又稱壞女人。Na 跟 nah 同音，是靠近。

SAU-NAH

德文內容請如下：

Ein Gast in einem Luxushotel beschwert sich:

“Das ist gemein, wie können Sie eine solche Reklame für Ihr Hotel machen: Sauna. Ich war dort und habe erwartet und versucht wie versprochen einer Sau nah zu sein, statt dessen habe ich von einer empörten Dame eine Backpfeife bekommen. Das ist eine Irreführung in Ihrem Hotel, den Gästen” Sauna“ zu versprechen. ”

你們怎麼能在旅館做廣告，能跟浪女人親近（有三溫暖）。我要跟一位爛女人親近，被挨了一記巴掌。

Fliege，這個字的意思

Fliege，在德文有兩種意思，一是跑堂領子上的裝飾小領節，另外是指蒼蠅。

Ein Ober hat keine Fliege angezogen.

一個跑堂沒有帶領結

Ein Gast fragt ihn：

一位客人問他：

ˊHaben Sie keine Fliege?你難道沒有領結？ˊ

ˊKlar, sie ist in der Suppe.當然有，它（蒼蠅）在湯裏面。

貪污國家的官吏和教師 8.5.15

這一個國家貪污是傳統。

當政府下令要清肅貪污時，這個國家的官吏失去了判斷能力。

且聽王五的說法：「以前我很容易下判斷，要哪家公司來做這項建築工程。祇要看公司送的紅包，二十萬，三十萬，五十萬，我馬上就知道，要給送 50 萬紅包的這項工作。這家公司出得起 50 萬的紅包，看出它有錢，有實力，就將這項工程規劃給它來執行沒錯。現在不准送紅包，我憑什麼來判斷對方的好壞，難道要憑他們個子的高矮？皮膚的黑白？眼睛的大小？這些太不可靠了。」

****

一位國文老師在排學生升學的名次先後，他說：「這些學生的分數，可以拿他們父親的榜樣來評分。國文，作文憑什麼來判斷好壞？這最難，沒有一個標準，但是我知道怎麼評分，哪個家長給的紅包數目最多，他的孩子就最有出息，這代表，那父親能幹，能賺錢，又關心他的子女，才肯包紅包給老師，表示父母的感激。這樣，當然那子女的遺傳好，不怕上大學付不出學費。我這樣評分，萬無一失。現在政府不准許父母送紅包，不准教師收紅包，這樣我怎麼能夠有一個準繩來評論判斷學生的分數，真是傷腦筋！」

作家，歷史學家和電影製片人對追隨者負擔同樣的責任 10.5.15。

作家史學家和電影製片人對他們的追隨者負有同樣的責任。

為什麼呢？

他們從追隨者那裡收錢，並從追隨者那裡竊取時間。

但是追隨者為此獲得了很多東西，屬靈的食物。

當然，否則追隨者不會肯花時間和金錢來買他們的作品和花時間來看他們的作品。

思想想法的扭曲　11.5.15

當這所大學校規定學生要填表格，給教授打分數時，許多教授反對，認爲這是對老師的不敬，老師是來教導學生，給學生考試，并給學生成績打分數的，哪裏能變成相反的立場，讓學生來給老師打分數。

A 在一所私立大學教書。他對任何學校的制度都是贊成，他要靠這大學薪水來維持家庭的收入，他個人的需求跟學校的要求都是配合得無間，以便能保存他的位置，并且節節上升，升爲主管。他十分贊成這個新的制度，他找出一個很正當的理由，他說：

「我們是靠學生繳學費來生活，來養活和生存。學生等於我們的衣食父母，他們給老師打分數，自然是天經地義，有什麼不對。」

B 對這種新作風，持相反的意見，他說：

「學生給老師打分數，這是地位顛倒，師道哪裏去了？老師的權威尊嚴上到哪裏去了？」

A 說：「權威尊嚴都是老話，即使孔子都不恥下問，還說三人行必有我師焉，何況現在是進步的時代，我們能夠跟學生學習的地方很多，學生也可以成爲我們的父母，你怕什麼他們對老師的評分。」

B：「這樣有很多缺點，老師變成要向學生諂媚，討好學生，以便得到學生好的評分，在給學生考試評分時，也不敢給學生打不及格，處處擔心學生對老師的評語太壞。這樣老師給學生打的分數都變成沒有了標準，這哪裏能夠維持老師的職責？」

A：「沒有人要你去討好學生，你這樣做，是自己不對，你就是怕學生打你的分數，我一點也不怕。」

A 和 B 辯論個不停，兩人說的面紅耳赤。

C 是一位諷刺者，他聽他們兩人辯論後說：「你們兩人辯論不出結果。且來聽我的理論：如 A 所說，學生是我們老師的父母，因爲來養活我們，一點也不錯。現代的父母根本沒有權威，小孩要做什麼，都有他們自己的主意，父母除了出錢外，什麼都管不著。我們就來當現代的子女，學生即是現代的父母，讓我們的父母學生出錢，我們當子女的可以隨時向他們拿錢，卻根本不必聽他們的話，這樣豈不是雙方都現代化，雙方都得其所哉！」

D 符合挖苦的笑著說：「這是幾度扭曲後的可行心理現象和事

實的寫照，正符合了中國的傳統拍馬、賄賂、孔子所反對的鄉愿德之賊也，僞君子的作風。萬歲萬歲萬萬歲！」

爲什麼學法的人卻犯法　11.5.15

不少的律師因爲犯法被起訴，關進監牢。

他們學了法律，卻找法律的漏洞，專門做一些在犯罪邊緣的事情，來賺錢，他們知道法律的各種規定，這些規定正是用來解說爲犯人顧客減刑，有些更用來做自己犯法的勾當。

人和人的相處，總是會起很多的衝突。法律是以一種中立的立場，用來爲人們以 fair 公平合理的方式，尋求解決人與人之間的摩擦衝突，以便維持社會和諧治安，保護無辜人的一種方式。

可是爲什麼會有那些鑽法律漏洞的律師，來做違反法律精神的事情？

不祇是在法律界會有違法的律師，在任何一個團體都會有違規的會員，即使宗教的神父，也有犯罪的情況發生，雖然他們在教會中有權來赦免信徒的罪狀，但是自己也會禁不住世俗的誘惑而犯罪。

世界上不會有永久的太平和樂，到處都會隱藏著危機，而做這些引起社會不安的人們，他們的心理和動機是什麼？并不是如他們自己所說的，要改良政治，創造更美滿的社會環境，如政治革命，或是爲實現某些主義而來革命，他們所言和所行并不是一回事，研究這些人的心理背景和動機，是一件很複雜，但是很值得研究的事情。

欲加諸于人，卻反受害于己　12.5.15

歷史上有一位轟動一時的領導人物。他是偏激分子，要達到的目的，正是相反，受害的反而是自己。

他是希特勒。

希特勒要擴展德國的生活空間，他的大東方政策，是占領東歐國家土地，擴張德國的領土，德國移民到東歐。

其結果是，德國喪失將近三分之一的領土。德國在東歐居住生根的人，被東歐國家强迫離開，1300 萬德國人不得不離開他們生長的地方，强迫在一日內衹能帶 20 公斤的行李，離開他們的家園。10%流離失所的人死亡。

Wir müssen alle sterben 我們每個人都注定會死亡　22.5.15

一位老師在課堂上說：“每個人都註定會死亡。”

一個學生反抗：“但是我們不會死亡。”

“為什麼？”

“因為我們有人壽保險。”

虛僞假好人的言論　24.5.15

一位橫行霸道，卻會說一口仁義道德的人，去飯店飽食一餐，之後大搖大擺的離開。

他被跑堂攔住：「你不可以喫飯後不付款。」

「誰說的，這難道不是飯店？」

「當然是，但不是讓人白喫飯的。」

那人不聽，跑堂把他攔住，要另外一個跑堂把老闆請出來。

老闆說：「你吃了飯，是按照規定要喫後付款的。」

那人見到這老闆，開始責問：「你難道不知我肚子餓了，我有生存的權利。德國有一個規定，受飢餓的人拿走吃的，不算犯罪。這說明生命的重要，而你卻來向我索錢，你們這些祇顧要錢的資本家，太可惡了。」

「且慢，德國的社會制度設施好，沒有人挨餓，你這樣吃了飯，不付款，是一種偷竊行爲。」

「什麼偷竊？我大大方方的進來，跑堂招呼我，問我要吃什麼，我點了菜，他端來菜，他沒有事先說明，我要付款。現在你來毀謗我，說我偷竊，向我索錢，你們眼中祇有錢，向我這個無辜的人要錢，你們這個飯店講理不講理！一點不管飢餓的人，沒有人道，胡亂的殺生。這是虐待動物。」

「我沒有殺生。」

「那你飯店從哪裏拿來肉來煎，虧得你還有良心來否認！」

說完那人又大搖大擺的，目中無人的走出飯店。

你對家鄉的看法如何？

一位記者問一位作家：你對家鄉的看法如何？

他回答：它跟其它的地方一樣到處都是狗糞。

你爲什麼不離婚？

A 很火他的妻子。

B 問：你為什麼不離婚？跟另外一個女子結婚？

A：別的女子也不見得好，那麼我寧可省下離婚的折騰。

在炎熱的夏天　16.6.15

A 在炎熱的夏天非常平靜。

B 問他為什麼這麼安詳和冷靜。

A：因為我很傻。

B：我不明白笨怎麼能使你冷靜。

答：口語：Was man nicht weiß, macht man nicht heiß. 不知道，不會令人發熱。由於我是如此愚蠢，我什麼都不知道，因此夏天不會讓我發熱。

門房和他的兄弟　23.6.12

有人問一位看門的人：“你好嗎？”

“我很好，但我擔心我的兄弟。”

“為什麼？”

“他當總統，在21世紀以來，幾乎沒有一位專制的總統會有一個好的結局。”

滾動手提箱　24.6.15.Fr.

我們購買他一直想購買的 Rimowa 手提箱。

它可以旋轉360度，可以輕鬆地在機場滾動和推動。

但是它只有一個缺點，那就是它的滾動很好，尤其是當它沒有剎車時。而這一次它惹下一個小禍，它滑動時，撞到一輛計程車，撞了一個凹洞。

如果它能滑動的這麼好，為什麼還要叫一輛計程車呢？

由於它沒有座位。也沒有雨傘和天窗。它也沒有旁邊的座位。

如果它具有所有這些功能，那麼它就不是一個行李箱，它本身就是有行李箱的汽車了。

在國宴　26.6.15

在國宴上，許多客人被邀請，包括歌舞表演藝術家。

一道菜是螃蟹。

歌舞表演者說：我不能吃這道菜。

為什麼呢？

我吃了後，螃蟹就到胃裡面了。如果有人患有胃癌，那就這太糟糕可怕了。（德文的 Krebst 有雙種意思，螃蟹，癌症。）

我不是種族主義者　7.2.15.

A：我不是種族主義者，我讓黑人來當傭人服侍我。

B：從這句話中，就看出您是種族主義者。

希臘對現代民主國家的貢獻

民主一詞來自希臘。

Chao 混亂這個詞也來自希臘。

這意味著老 Grieschenland 希臘，擁有跟現代民主國家的一切。

個人幸福和集體的繁榮　5.7.15

AB 兩人在辯論個人幸福歡樂和集體的歡樂。

A 是一位醫生，有左派的傾向，反對銀行，反對他認爲不勞而獲的投資分子。

B 是一位企業家，對德國的經濟繁榮贊美，對希臘的破產，認爲是集體不合作，道德沉淪腐化的失敗。

他們兩人先從希臘談起。

A：我有一位女同學，她在德國長大，父母都是希臘人，祖父母都是土生土長的希臘人。她們一家三姐妹，兩個在德國拿到醫學博士，一位妹妹，都跟在德國的希臘人結婚，但是對希臘的祖先文化，都引以爲傲。那位女同事，衹是偶爾回希臘拜訪她的祖父母，卻過不慣希臘的生活，又回到德國。她的學醫妹妹夫婦，回希臘開診所，另外一位妹妹，跟丈夫在希臘做小本生意。在希臘要動手術，得要賄賂醫生一千歐元，否則等上半年，也沒有醫生來給這病人開刀。

B：這是腐敗的醫療制度。Riechling 諷刺的說：在德國每個月，要繳 500 歐元疾病保險，而并不需要盲腸開刀，那麼每個月的疾病保險等於白繳，那麼還是在希臘好，兩個月的德國保險費，就夠那裏賄賂醫院醫生開刀了。這次希臘全民投票，表決要不要還債，還是退出歐元聯盟。希臘人大概不管怎樣都不在乎。他們有他們的人生觀。

A：希臘人講究自由，那個 Diogenes 的哲人，躺在大桶子內曬太陽，亞歷山大要請他去輔政，要分給他一半的國土。Diogenes 要他離開，不要遮住他在曬的冬天太陽。這是希臘人的瀟灑處。

B：這衹是一個傳說，沒有這件事。Diogenes 一輩子也沒有見過亞歷山大。希臘人的瀟灑最後跟希臘 Alexis Sorbas 電影中一樣，當所有的錢被吞并，努力全垮了後，Alexis Sorbas 還在讚美，這垮掉的聲音好美。就是這樣，這是希臘人的瀟灑，不負責任，亂用別人託付的錢財。

A：每個人都有追求他自己生活的幸福權利。這是個人的至上。這些人所追求的，比那些銀行股票經紀人，什麼事情也不做，卻賺那些貧苦人的錢要好多了。

B： 從貧苦人們那裏賺不到錢，靠著借債，也賺不了錢，祇有以自己的力量，做出貢獻別人的事情，才能受到別人的重用，別人才願意付薪水來重用。現在的有錢人，一般很少不勞而獲的，可是他們就跟納粹時代的猶太人一樣，成了別人不滿，妒忌謾罵的對象。人類文化集體的繁榮也很重要，企業家的創業，起初沒有錢，要靠銀行貸款，有錢人的投資，這是有錢出錢，有力出力的合作。每人祇是顧著自己，沒有人來投資，沒有銀行來組織人們的自由貿易，這個社會的繁榮哪來？醫院好的設備，誰買得起？那些藥品誰來出產？因此一個社會的繁榮很重要。康德說過，文化高于個人，歌德說，有了人，這個宇宙才有了認知，這些纍積的知識文明和繁榮，比一個人所謂的祇顧一己的幸福重要得多。祇有在這種榮華，經濟繁榮的社會，才能保障個人的自由和安全，才能讓退休的人，過安樂的生活。每人才能享受自由的可貴，享受自由的選擇，不管要獨善其身，要進修道院，要單身，結婚，都有他的自由選擇的可能性。在這種自由民主的社會國家，才有可能性自由選擇職業。在貧窮的印度，同是有學問的教授，所賺的薪水，比德國低得太多，這是印度社會不及德國的富裕繁榮。德國一位經濟學家說，自由貿易的社會是仁愛的社會，每人爲己也爲人，這是仁愛的實現。

如開飯店，辛勤的煮出美食，讓人吃，喫的人滿意，付錢給飯店的 team，表達感激，大家都滿意。這是國民道德水準，經濟社會繁榮的重要性，若是飯店沒有人來問津，麵包鋪，沒有顧客來購物，這樣社會貧窮，大家都受苦。一個富裕的國家，有其富裕的原因，一個扶不起，人人各自爲己，要占別人便宜的社會，會變得貧窮。這是今日的希臘，很可惜，是希臘人自毀前途。

最值得憐憫的一位希臘老人　9.7.15

在德國大家紛紛的討論希臘當前的情況。

不少的德國人非常的反對歐盟一再的姑息希臘，惹得不但希臘不知受恩圖報，還罵德國財政部長飲希臘人的血，食希臘人的肉。希臘諷刺德國總理，說她是納粹，在她的鼻下，嘴唇上畫了希特勒的小鬍子，而她是不顧德國人的反對，最支持繼續援助希臘的總理。

不少人提出希臘人的腐化，進醫院不賄賂醫生的話，醫生見死不救，要一千歐元放進醫生手上，才肯動手術取出發炎的盲腸。

現在的希臘副總統，母親到她 33 歲時，還領撫養她的小孩補助錢 Kindergeld。上下互相欺騙。希臘國庫虧空，幾年來的貸款，根本無從還起。

有一位德人說話了：「希臘有一位真是值得憐憫的貧窮老人，他穿的衣服破爛不堪，鞋子也是前面露一個洞，後面鞋底也磨破了。搭公車，不付錢。最後他的身份被揭穿了，原來他是希臘最有錢的一位大濶爺。」

完美的政府古建築保護者　12.7.15

一位翻修古房的客戶向政府古建築保護者說，他想在自己的房屋中建立一個 Enfilade 每間房間面對的雙扇門。

那個國家的保管員說，那是麵包上是紅色的東西，你為什麼要呢？ 我和這些東西有什麼關係？

建造客戶說：您是說果醬嗎？不，我要的是面對雙扇門的 Enfilade。

政府古建築保護者回答：奇怪的名字，我從未聽說過。

當政府古建築保護者晚上到雜貨店購物時，他想要草莓醬。 他對售貨員說：我想買草莓 Enfilade 醬。

諷刺希臘的漫畫　12.7.15

佩松老師：

讀到您的來信，謝謝您對拙作，這麼正面的評論。

您談及您對希臘的觀感，希臘像一個嬌慣壞了的孩子，枉為一個文明古國了。您的話，一點也不錯。人必自助，而後才能期望別人的相助。希臘不知自救、自強、自尊，還忘恩負義，謾罵有心幫助他的人，這樣太不知自檢了。祇有靜觀其發展了。

最近歐洲和美國的天氣都很怪，在夏天，氣溫突高突低，這種天氣，對身體很不健康。您們那裏氣候如何？希望不要像歐美這樣。不管天氣如何，多保重沒錯。

敬祝　安康

和芳上。12.7.15.

希臘的話題，全世界都在議論，不同的聲音也很正常。日前您的兩篇文章，言簡意賅，入木三分，說出了多數人的觀點，充滿了正義和良知，贊成。希臘像一個嬌慣壞了的孩子，就沒有智慧認識自己，拿出一個自救、自強、自尊的救世方案嗎？枉為一個文明古國了。德國大佬還是很有風度，很有耐心的。也許不久的將來會峰迴路轉？您寄來的《清則近醇，淡則存真》很經典，意境和畫面都十分美。六十六個世界文化聖地是一個難得的集合，令人心曠神怡。謝謝！敬祝安好！

佩松

誰有理？不要臉　16.7.15

一個男人穿著泳褲去游泳，遇到了一個裸體的胖女人。他看著那個裸體胖女人，不料那女人用尖刻的話罵他：不要臉，好無禮！

從一個敲門引起的風波　21.7.15.二/25.7.15.

A 家的門沒有電鈴，每當有訪客時，都是用門上的銅鑼，敲很大聲的門。

鄰居每次被吵的不得安寧，於是就趁夜裏，把 A 家的門上的銅鑼給拆掉了。

當 A 得知此事時，趁夜裏把鄰居的大門給拔掉。

這兩家人，從此結怨，互相變本加厲的來回報復，最後引起殺人案件，兩家成了世仇。

誰會想到，當初衹是從一個敲門引起的風波！

凡事可以惹大，可以化小，完全是在我們的處理事情，對待事情的態度和方法上。

能大事化小，小事化了的人，一定得人緣，一生中的成就一定比一般人要高，當主管的話，會受到手下人的愛戴。

創建一個大公司　24.7.15.Fr.

A 和 B 在咖啡館見面喝咖啡。

A：這個咖啡館的咖啡味道真糟。我有一個堂兄，他在巴西買了一個很大的咖啡種植園。我會購買他那裡所產的咖啡，創造一個非常著名的咖啡品牌，將其傳播到整個世界，跟可口可樂，麥當勞一樣。最重要的是概念，和其命名，我已經將其命名為Macoka。我要去專利局登記報到這個名字。好吧，這個名字真的很棒，是 Macdonald, Coca 和 Kaffee 的組合。

B：這個名字聽起來不錯，您的想法很棒。您期望多長時間才能實現您的概念？

A：最長三年。

B：好吧，三年後，我們將在您的世界大公司 Macoka 中慶祝。

之後，B 沒有收到 A 的消息。三年後，B 剛巧在大街上又遇到了 A。

B 問 A 關於他的 Macoka 的咖啡公司發展的情況。

A：您能想像到發生了什麼事嗎？

B：您沒有生病嗎？

A：不，是的。您能想像一下，在咖啡廳見面的那天，我叫了計程車，要向專利局報告登記這個好棒的品牌名字，但等了半天，計程車沒有來，所以我無法向專利局登記這個偉大公司的好名字。這個創業就沒有實現。

B：若是創業得要依靠一輛計程車的話，那是可想而知，會得到什麼結果。

各有所長：誰最公平仁慈　27.7.15.

幾個來自不同國家的人，在鼓吹他們國家的措施，比賽哪一個國家最公平仁慈？

美國人：我們國家對待所有的人都公平，法律規定不准有種族歧視。

希臘人：我們國家開公車的司機賺的錢比部長多。

德國人：我們國家對政治犯最仁慈，凡是受到政治迫害的逃犯我們都接受。

瑞典人：我們國家的抽稅最公平，有錢人可以抽到 100%以上的稅，後來連一個瑞典餐館都沒有了，祇有漏稅的中國餐館和意大利餐館。為什麼人們要上餐館，不能自己在家裏做飯菜！

瑞士人：我們對瑞士人的抽稅很重，對外國人寬容。可是受到美國和歐洲大國的攻擊，祇好改革稅制。這樣變成銀行業蕭條，每個靠銀行業繳交稅的州，沒法再付給公營事業工作人員的高薪。但是這樣很公平。為什麼要靠那些銀行業來維持我們本國人的薪水。

馬耳他人：我們國家更仁慈，對來這邊定居的外國人抽高稅，他們若是需要馬耳他的國籍，就要先付一百萬歐元，然後規定要購買房子，每年付出一筆高稅，至少 2 萬歐元。馬耳他的居民很高興，房地產增值，保險公司有了顧客，餐館旅游業興盛。這是對本國人民最好的福利。

法國人：我們對待失業的人最慈善，對待賣技賣肉體的人最仁慈，凡是男人嫖妓要受罰。馬戲班可以跟別的職業一樣休假，不必賣命。這樣雖然連四星旅館也沒有人侍候，這是很公平，爲什麼有錢人就要受到特殊的待遇！計程車司機不開短程，短程可以每人自己走，幹嘛要叫計程車。

臺灣人：我們很仁慈，不會唱歌的人，可以跟卡萊 OK 一起唱，歌聲就會變得美妙，這是日本人發明的玩意，在臺灣最叫座。

一位非洲來的人說：我們的國家最仁慈，爲什麼人要有美麗醜惡之分。我們的國家爲了讓醜惡的人不受到自尊心的打擊，所有公衆場合，沒有一面鏡子。

以牙還牙，以眼還眼　31.7.15.五

A：現在的法律太複雜了。殺人，死罪，簡單明瞭，還管爲什麼殺人，是酒醉後殺人，還是爭執時，一時興起的怒氣殺人，是蓄意殺人，還是過失殺人。真是名堂越搞越多。像古時候猶太人的以牙還牙，以眼還眼，是最公正不過的了。

B：以牙還牙，以眼還眼，哪裏行得通。一個老傢伙強姦 18 歲少女，哪裏有一個少女願意強姦一個老頭子來報復？一個人開空頭支票，難道要別人也開一個支票給他？

杜基的大宴賓客　3.8.15

杜基這天特別的高興，晚上大宴賓客。

來賓都是平常跟他一起評論的一些記者，政界，學界的人物。

A 問杜基：你今天爲什麼要大宴賓客？

杜基：這是我一年來最高興的一天。

B 問杜基：快說說有什麼好消息。

杜基：你猜猜看。

C：你生日？

杜基：我才不會爲生日高興，父母爲了作樂生了我，來到人世間的苦海，生命本身就是一種痛苦，失望，潦倒，有什麼好高興的。

B：你中獎了？

杜基：我才沒有這樣好的命，不勞而獲。

C：你升官了？

杜基：這年頭祇有貪官污吏才會升官，這跟我絲毫沒有緣分。

A：你有了新的女友？

杜基：我才不會爲自己私人的事來高興，何況哪個年輕的女人會看上我這窮小子。

B：你來喊窮做什麼？你比我們闊爺多了。

杜基：比上不如，比下有餘而已。

C：那你爲什麼事開心？

杜基：今天報紙登出三件大快人心的事。

A：什麼事？

杜基：石油大王借貸給希臘，希臘無錢償還，石油又跌價，那位億萬富翁破產自殺。

B：這種富翁就是靠放貸賺錢，破產應該，死有餘辜。還有呢？

杜基：你說的一點也不錯，這正是我的心語。一位諾貝爾得獎主患了失智症。這些人，受人尊崇，自以爲智慧就高人一等，不可一世。一得失智症，什麼滿腔知識智慧毫無用武之地。

C：這是挺可憐的，許多政客名人也都得了失智症，如美國總統雷根，英國首相柴契爾。那你第三個喜悅的消息是什麼？

杜基：那是我們時常談到的林部長中風死了。看，社會學家所定的三個最高階級的代表： 富翁，高級知識分子，政治領袖。瞧，這三種所謂的最高階級，最爲大家所崇拜，而我們這群人物，雖然跟世界新聞挂鈎，卻受不到尊重，既沒錢，又沒勢力，雖然我們都是最高等學府畢業，卻離開諾貝爾獎金，十萬八千里，我們受不到世人尊敬，反而受到冷眼瞧不起。今天讀到這三種人都不得好死，真是大快人心。來，讓我們好好痛快的乾一杯。

杜基說完，興奮的一口喝下滿杯烈酒。

這時他興奮過度，倒地腦充血死亡。

杜基是妒忌的化身，妒忌是對身體最不利，最不健康，最後受到妒忌的高潮，期望別人的不幸，得到自己的歡樂，而中風一命嗚呼。

向智者提問　13.8.15

A 向智者提問：人生的目的是什麼？

智者：重要的是要有健全的理智智慧 Gesund Menschen Verstand.

A：有健全理智智慧的人，就不需要你的聰明明智。

孔子遇到歌德　14.8.15

孔子跟歌德在陰間會面。

孔子嘆息的說：兩千多年來，我在中國被人們尊崇，中途受到焚書坑儒的對待，後來漢朝唯我獨尊，設有孔子廟宇，20 世紀初受到攻擊，20 世紀中葉後受到批判，文革時，把我批評的很慘，打倒孔家廟的喊聲不絕于耳。20 世紀末又恢復尊重，還傳到歐美，設立孔子學院。真不知這些世人是什麼心理，一會稱我是聖人，一會又成了敗壞中國的罪人。

歌德說：我在 19 世紀以後也是被尊崇。德國設立許多歌德學院，他們以我的名字，搞宣傳，絲毫跟我的學說無關。納粹時代，我爲德國人的作爲感到羞恥，這麼一個有文化的國家，成爲屠殺猶太人萬惡不赦的德國。現在到處有歌德街，我的名字被人叫來叫去，可是真正懂得我的著作，我的作品的人少之又少。

不明眞相，衹想責備　18.8.15

一位警察對著一位站在汽車前的人咆哮：你不能在此停車！

那人回答：我根本沒有汽車，如何能在此停車？

一次世界大戰的一些情況　18.8.15

Münkler 寫的一次世界大戰，裏面陳述一些沒有想到的事：在戰爭中德國發明了毒氣，用在戰場上，英國模仿用了 3 倍以上。

發明毒氣的化學家，夫婦倆人都是化學家，妻子自殺。

德國製造毒氣小心，軍士帶上面具防毒。

英國見此毒氣，立即模仿，可是起初製作的不夠精細，有些毒氣瓶子不能打開，也沒有料到毒氣會因爲風向改變，而又吹回來。

起初在法國境界的戰場上，英軍放出了毒氣。對面德軍看到，戴上防毒面具，德國的預防還加上棉類的設備，打著當毒氣靠近時，點燃棉質，這樣毒氣會在空中燃燒起來，中和不少毒氣。可是過了一會，毒氣因爲風向改變，轉了回來，英軍見狀，大驚失色，急忙往後逃，這時德軍用炮轟，那些沒有點燃的毒氣被炮轟后著火，更加强了受攻擊的力量。這樣雙方的戰爭爭戰，不知有多少次。

在 Verdan 法國境界，德軍與法軍交戰，在那裏雙方損失慘重，在短短的期間內，犧牲六十多萬人。

這種英德法人，站在對面的互相開炮攻擊，他們都是年輕的被徵召的人，彼此并沒有仇恨，可是都是爲了本國，進行屠殺。

奧地利王子斐迪南被刺殺，Serbia 不交出凶手，俄國卻保障他，德國跟奧國站在一綫，意大利加入。英國跟法國又跟俄國站在一起，這樣六國對立，戰爭一燃起，不可收拾。

這樣的發展，是人類給自己找的麻煩，自食其果，可悲。

在一戰時，德國發現婦女生產減少，不少年輕人戰死，於是要戰士們，分頭的休假返家。可是有些戰士們，假期未滿，就先返回戰場，他們跟妻子爭吵，寧可回戰場，不願在家中受氣。那時婦女運動已經開始，她們不甘願丈夫回來幾天，就擺出大男人的態度來指示妻子做這做那。

不能證明，因爲人們不會說實話　20.8.15

我們談到 Sigmund Freud 的理論，我說他講的心理防禦機制很有道理。即使夢的解析也有它的獨特之處。

他說可是這些衹是理論，沒有證明。

我說他研究人類心靈的深層黑暗的地方，誰會說真話，來讓他證明。這就是他分析人的自我欺騙，或欺騙別人，拿出很美的詞句來做掩飾，如攻擊有錢人，說他們的錢來源不正。又說人要那麼多錢做什麼，非洲人挨餓，應該捐獻出來。

那些恨和妒忌的人，他們不會說，因爲我妒忌，我沒有能力賺那麼多錢，所以來攻擊有錢人。那時對猶太人的攻擊也是說他們飲德國人的血，食德國人的肉，才會富有。

我又說，每個人家裏的地窖都有死屍，但是不會說出來。

他即幽默的回一句：家裏沒有地窖也會有死屍。

弄得我們大笑。

人性的弱點—他發現還有幾瓶啤酒　22.8.15

晚飯後，A 發現還有幾瓶啤酒，就非常的高興，把一瓶先放進冰凍箱內，期望它很快能夠冷下來，當晚隔一個小時就能喝到啤酒。

B 在找東西吃，可是家中她想要吃的美食 Schinken，Salami，幾乎都吃光了，尤其是 Salami，她一口饞，禁不住就拿出來當零食吃，所以到晚飯要喫的時候就沒有 了。她在凍箱中，找出厚厚實實的大香腸，等不及它解凍，就用刀子把它切成幾片小薄片吃。

B 那麼的想喫，可是每次去購物時，A 阻止她去買，說她太胖，再多吃，會變成大肥豬一個，每看到 B 尋求發胖的食品，就加以阻止。B 看到 A 喜歡杯中物，每看到他在店鋪中酒櫃旁找尋美酒，就怕他酗酒，只准許他購買啤酒喝。他們互相的阻止對方購物，可是阻止沒有用，兩人有時還會趁對方不留意時，各自出外覓食。A 買酒，B 買巧克力，買切片的肉片，各得其樂。

每次 B 看到 A 喝完購買的啤酒後失望情況，很令 B 又過意不去。

B 找尋甜食和肉片，冰箱中找不到，很失望，A 說她要減肥，就不能夠吃這些美食。

B 說，放在家中，不要急著喫完，就行了。

A 說就是 B 不能夠禁食，沒法禁口，所以才會發胖，這是 B 沒有自律的力量，所以 A 不准許她購買這些發胖的食品，因爲 B 沒有這種自治的能 力，所以為 B 好，不准她多購物，家中不能夠堆積食品，這樣既然沒有吃的，B 就不能吃，也沒得吃，才能夠減肥。

B 說 A 這樣不准她買，她要節食的話，兩人出外吃飯，各得所哉的叫食品，還不是她照吃，他照喝，花的錢更多。

A 說那是例外，這正是他要享受的時候，B 說那麼又喫又喝，她的減肥怎麼辦。

A 說他們不是一直在外吃飯，所以偶爾這樣 吃吃喝喝沒有問題，這是一種生活的調劑。

A 又說，一人去修道，是因爲要遠離那些 誘惑。真正的聖人，是不必進入修道院，就住在妓院也不會染上嫖妓的惡習。但是天下有多少這樣的聖人？出外到偏僻地方修道的人，都是 自己沒有足夠的力量拒絕城裏面的各種誘惑，才離開獨自修道。

B 說 A 的這句話，很值得深思，這都說明了，人性的弱點。B 說，這也是不少人想做很多的事情，可是不去開始 的原因。因爲想做，和去做有一段距離。而不想做，卻去做，是沒有足夠的毅力來控制自己，如戒菸，戒酒，減肥。

其實這是很明顯的事情，衹是人總是期望有一天，能做到期望做的事。然而一天推一天，或是開始了，卻又一曝十寒，不能夠貫徹始終。相反的，不該做而禁不住去做，如美食在前，就禁不住要吃，就做不到要減肥的目標；美酒在前，就忍不住要喝，就戒不了酒，因爲人性是軟弱的。

想做卻做不到的真正原因，並不是在客觀的外在原因，這是在於自己。因爲自治自律的力量有限。否則世界上就不會有胖子和酗酒之徒了。22.8.15

歌德知道衹能夠在一種方向發展成就一位天才　22.8.15.

歌德也很會畫圖。

他到義大利後，跟畫家住在一起，他也去學畫。這時他看出，他不能把精力花在繪畫上面。他衹能將精力放在寫作上，這是他的特長。

所以他說，衹有在限制上，才能精通成爲大家。Nur in der Beschränkung wird man ein Meister.

這跟中文的多才多藝藝不精，專心一意可成名的諺語類似。

中國的股票猛跌是誰的罪過？　1.9.15.

請讀德國的 FAZ 的這一則消息：

http://www.faz.net/aktuell/politik/ausland/asien/chinesischer-journalist-gesteht-mitschuld-am-boersenchrash-13778481.html

哪裏可能一位年輕的記者導致中國的股票猛跌的罪過？

歐洲有過一個例子，伽利略的地圓，地球繞太陽之說，被教會指認爲與教會的理論不合，逼他認錯，收回他的理論，否則被判爲異教徒，定下死罪。他衹得公開收回他的理論，承認錯誤，以免犯下殺身之禍。

下面講幾個諷刺例子，都是由於不同的原因情況被捉拿，承認過錯，你能夠相信嗎？

那些被人追擊逮捕的人，對著一大堆媒體承認他們的罪過：

氣象局報導員對著媒體大衆承認他的罪過說：

是我造成氣象興起颱風的罪過，才會有這麼多人受難。

一位海邊燈塔守衛員說：

我犯了滔天大罪，海水鹹，不能當水喝，海水大，造成船難。這都是我的守衛燈塔的過錯。

一位律師，看到上弦月說：月亮變小了，這都是我的錯，我完全承認我的無能。

另外一個洋洋得意的同事說：你的確無能。來看我的本領。我會過幾天把月亮變圓。

一位賣冰淇淋用一個圓的鋼環攪動冰淇淋說：地球是圓的，使得多少人栽了更頭。是我的過錯。

旁邊一位在股票投資上輸了錢的人說：果然，你手上的圓環，就是這個證明，你被鬥爭，真是罪有應得。

生財有道：賣綠色的長褲　11.9.15

一家服裝店，進口一大批綠色長褲，因爲時尚是一切歸返自然。

可是等那大批的綠色長褲到達后，人們的時尚變了，那大堆的綠褲子賣不出去。

儘管做廉價廣告，也沒有什麼人來問津。

這時一位廣告家說：「我告訴你一招，準保你的綠色長褲一售而空。」

「那是什麼？」

「你登廣告說，綠色長褲可以預防老年癡呆症。」

果然廣告一出，四面八方的人都紛紛來購買這些綠色長褲，老闆嫌存貨不多，趕快加大價錢出售，還是在兩天內所有的存貨一掃而空。

你知道爲什麼年紀大的人穿起高跟鞋來？

A.　你有沒有注意到許多年紀大的人穿起高跟鞋來？

B.　我也覺得奇怪，這樣走路多危險，怎麼年紀那麼大了，還那麼的愛美。

A.　這不是愛美，而是爲健康。

B.　我不懂這個道理。

A.　一家皮鞋工廠，看到穿高跟鞋的人越來越少，他想，如何再導致人們買高跟鞋的興趣。他就放出流言，把腳墊高起來，說是可以預防老年癡呆症。就趁著這種流言散佈流行時，他製造大批的高跟鞋，做廣告說，老人墊高腳，很難維持長久，最好的方法，就是穿上高跟鞋走路，比墊起脚跟更方便有效，這位皮鞋工廠老闆因此果然賺大了錢，他還發展出一種以牛皮包住的皮手杖，這樣穿高跟，又有手杖可以護身，減少許多意外事件。

B. 可是這樣是否真對老年癡呆症有效？

A. 當然有效。年紀大的人感覺他們穿起高跟鞋，時髦了，又有護身拐杖來幫助行動，增加他們出外運動的興趣和自信，自然對防治老年癡呆症有效了。

動蕩世界的難民　18.9.15.

這是一個動蕩世界的可怕。這些難民離鄉背井，西方國家，以德國爲接受難民最多的國家。

今天我們去德國法蘭克福，再搭乘火車去 Kassel。

在慕尼黑的車站，全部爲難民使用，平常的行車，另外運作處理。

德國人希特勒時代的作風，完全改頭換面。那時猶太人到處要逃難，可是各國都緊閉大門，不准猶太人進入。戰後德國法律就規定，政治逃難的難民，一律接受，也做的徹底。現在即使來協助，也是用德國人的 organisation 的方法，做得徹底。今年就接受了 80 萬人的難民。

你幸福嗎？　21.9.15

「你幸福嗎？」

「一方面可以說幸福，另外一方面，也不幸福。」

「你哪點感覺幸福？」

「我的三個小孩都很有成就，一個是教授，一個是企業家，另外一個是律師。」

「那你不幸福的地方在哪裏？」

「我家歷代務農，家中有好大一片的地，我們種植很好的蔬菜水果，人人羨慕我們世代的相傳，可是沒有一個小孩肯繼承祖傳的這個生涯。」

****

「你哪點感覺幸福？」

「一方面可以說幸福，另外一方面，也不幸福。」

「你哪點感覺幸福？」

「我的三個小孩都很有成就，一個是醫生，一個是銀行經理，另外一個是部長。」

「那你不幸福的地方在哪裏？」

「我家歷代開眼鏡行，生意非常的好，人人羨慕我們世代的相傳，可是沒有一個小孩肯繼承祖傳的衣鉢眼鏡行。」

****

「你幸福嗎？」

「一方面可以說幸福，另外一方面，也不幸福。」

「你哪點感覺幸福？」

「我的三個小孩都很有成就，一個是歌唱家，一個是名導演，另外一個是畫家。」

「那你不幸福的地方在哪裏？」

「我家歷代是以花店有名，生意非常的好，人人羨慕我們世代的相傳，可是沒有一個小孩肯繼承祖傳的花店藝術。」

Von Spiegel，Vom Spiegel　30.9.15.三

Spiegel 在德文指鏡子。

而德國有一個雜志就叫 Spiegel，是借用反照，反射來表明其內容報導的精確確實。此雜志果然成爲德國首屈一指的「明鏡雜志」。

我在馬堡進修的時候，有一次遇到一位張博士，他說他要去買 Spiegel。

在場的一個德國人問他：「你要買看的 Spiegel，鏡子？還是讀的 Spiegel 雜志？」

而在德國有一個貴族之家叫 Von Spiegel，它的象徵是三面鏡子。這是祖先特別聰明，以鏡子來作爲家族的代表。

有一天這個 Von Spiegel 家族舉行一個記者招待會。

從 Spiegel 雜志來的記者自我介紹，說他是 Von Spiegel, von 是

貴族的名字前面加的頭銜。而 von 字又代表「來自」的意思。

當這位記者說他是「Von Spiegel」時，那位貴族說：「虧得你是一個記者，你連 von 和 vom 字都分不清楚。你應該要用 vom Spiegel，而不是用 Von Spiegel。」

那記者雖然有些不開心，不過內心不得不對 Von Spiegel 家族起了敬意，他們對文字的應用比寫文章的人還要慎重。

反對　30.9.15.

A. 我反對資本主義，反對共產主義，反對納粹，反對法西斯，反對社會主義。

B. 你所唱反調的內容互相矛盾。

A. 矛盾什麼？

B. 資本主義，共產主義正是相反，你反對資本主義，就應該贊成共產主義。

A. 誰說的？贊成和反對中間還差了一萬八千里。

B. 那麼我問你，你對什麼不反對？

A. 我對什麼都反對。我是一個唱反調的人。我祇有對自己不反對。我反對自己的話，該怎麼生存？連這一點，你都不懂，還來向我發問。

漩渦　5.10.15

小毛以前是很有思想的藝術家，他作畫的風格輕盈飄蕩，有一種清新的氣氛，受到年輕年長們的喜愛。

一天他碰到一位小學同學小牛。

小牛對他游說，說他新加入的一個新興宗教，這跟別的宗教不同，融合世界各大宗教派別，具有史前沒有的新宗教精神。

小毛受到小牛的游說，一同去參加一個宗教節目的聚會。

小牛告訴他，大法師開慧是一位智慧神君，這是一個難得的機會，他可以從這新型的宗教派別，學習宗教的玄學。

他們進入一間陳設古香古氣的房間，大家脫鞋靜坐，祇有不時傳來的乒，鎊的金屬敲擊聲音。

這樣等了半個小時，忽然聽到有人大聲的叫：

開慧師傅到來，請膜拜。

在座的人，一個個起身對著鶴髮童顏的老師父膜拜。

小毛跟著依樣畫葫蘆的起身，向那位長著膜拜。

他沒有聽懂那位開慧老師傳說的是什麼話，但是看到大家對他的崇拜，也就對他肅然起敬了起來。

後來當那位老師傅得知小毛家中很有錢，就派徒弟向他游說，爲了神，爲了生時積下陰德，死後升天，他要加以奉獻。

小毛起初祇是爲了應付小牛，那是他兒時的朋友，不好加以拒絕，就參加了那次聚會。

後來受到此新興教徒們的不斷拜訪，他就逐漸進入自以爲的佳境。

他的作畫改觀，自此以新興的宗教爲中心，畫出他的心聲。

他越陷越深，成爲一名忠實的信徒。

宗教如一個漩渦，如一團嗎啡，使他失去日常的判斷能力。

他的作畫，不但不再具有超人的境界，反而喪失以往的光輝。

他不幸在四十五歲時，得了血癌，臨終前，將他所有父母遺留下來的財產，捐贈給此教會。

他往生后，子女得不到一份祖先財產。

此教會的首長們，將他的良田出售，拿了教徒們奉獻的金錢，逍遙海外。

加拿大 Keine da 沒人在那　11.10.15.

我們談到伊麗莎白女王，也是加拿大的國王，即加拿大為有國王的君主立憲的民主政治，而非共和國。伊麗莎白女王，不在加拿大時，由兩位女士，作為代表女王。

他說，巴伐利亞方言，稱加拿大為 keine da，發音類似加拿大，意思為沒有人在那。可能當巴伐利亞人到達加拿大時，看不見別人，就稱加拿大為“沒人在那”。

他說的我們大笑不止。

我們是耶和華見證人　19.10.15

有敲門聲，丈夫最後打開門。

外面有兩個人說：我們是耶和華見證人 Zeugen Jehovas。

丈夫生氣地說：我們要休息，我們正在孕育 Zeugen 一個孩子。

這是德文 Zeugen Jehovas 的 Zeugen 意義不同，它代表見證人，也代表製造，孕育。

抱怨和受騙 Beschwer und Reinlegen　3.10.15

冰箱門上放著酒瓶，一瓶未打開的葡萄酒瓶在開冰箱的門時，掉了下來，打破葡萄酒，很是可惜。這是因為門前的塑料檔片太淺。

今天，我們想在午餐時吃鮭魚，之前，在冰箱內，冷卻一瓶酒。當我們今天早上特地將酒瓶放在門內的內部裡面，以使其不易掉落時，S 說酒瓶抱怨說，我們把它放了進去（einlegen，又一意，使它受騙）。

德語一字含有不同的意思，賦予更多的含義，因此德國語言生動活潑。

求教：有人問聖人　23.10.15

有人問聖人，為什麼他為人們做了這麼多善事。

聖人回答：“這樣我就沒有多餘的時間和精力去從事邪惡的思

想和行為了。”

這是一個很好的回覆。

邪惡與攻擊性有關，它需要時間和力量，但這是一種破壞的行為，這種行為，先是自己受害。因此，邪惡的壞人正是受到惡行的懲罰，那就是自己所造的孽。中國的“自作孽不可活”很有道理。

聖人回答得很好，很明智。

三位不同的老師　25.10.15

跟他談到中學時三位不同的老師，A 是匪諜自首的國文老師。B 是批評政府的歷史老師。C 是教三民主義的教師。

我們那時是生存在半專制時代的國民黨政權。抓匪諜，紅色恐怖，後來的白色恐怖來的厲害，一般人，誰也不敢牽涉到批評政府上面去。

A 的作風改不了她的思想，上課時候罵商人，祇是把貨品從一處搬到另外一處，絲毫沒有生產，這樣賺錢是一種罪惡。有次上課，出題目用「寧可」造句 ，一位學生沒有弄懂，就寫：我寧可當共產黨，死也甘心。她被這位老師罵得要死，說造出這種句子，被告的話，就連她父母都要進監牢。

B 的妻子是學校的訓導主任，處處宣揚政府的措施的德政，如一周兩天不准屠宰，這是功德，可是 B 一進教室就來批評這項措施，說它是多此一舉，祇是造成人民的陽奉陰違，其它的五天多殺一點牛羊，不也是一樣。他批評國民黨的不當，否則大陸不會失手。又說蔣總統規定男學生要剃光頭，女學生，頭髮不能長過耳垂，這些都是小事情，一個首領，管這些閑事幹嘛，那麼哪有精力管大事事情。

後來聽說他被抓，關監牢。

另外一位 C 老師，不但要學生參加救國團的青年，還要日後加入國民黨。他的女兒卻在暗地里對我說，她父親要幾個小孩，千萬不能加入國民黨，而且還說，蔣總統政治不當，應該槍斃。後來他要求學生感恩，送他一個沙發。有位學生家長告了他，說有意要挾，他被處分。

從這些片段的事情，可以看出那時 1950-1965 年代臺灣的一些現象，和教師的對政治現象不同的反應，他們的品格以及所得到的下場。

老師要學生批評　25.10.15

一位很不受歡迎的劉老師，有一天大方起來，她對學生說，她知道她有不少錯誤，要請學生盡量批評她，她會加以改善。

一位李梅寫出，老師這樣不好，那樣不對，寫出 10 條，她成爲這位教師的眼中釘，劉老師給她打很低的分數，說這是惡意的中傷，學生品格有問題，她一有心情不暢的時候，就對李梅加以攻擊。

另外一位學生，知道這位教師不會改過，她祇是要做做樣子，來看學生的反應。

她寫著：老師認真教學，我愚笨的很，時常還不能完全了解老師的解說，辜負老師的一番心意，感到很自卑，請老師原諒我的無知和愚蠢，多多加以指教。

她成爲此教師最寵愛的學生，得到全班最高的分數。

劉老師以此自豪的說，連最愚蠢的學生，但是品德優良，認真學習，所以得到高分，可見得她的教學多麼的成功。

一個露天劇院　25.10.15.

他到一個露天劇院，看到很多人穿來穿去。

他問那些穿著不同衣服的一個演員 A，他問：「今天幾點上演？」

A 回答不知道，要他問 B。

B 說：「那要看觀衆幾點到齊。」

「要演的是什麼劇本？」他又問。

演員 C 回答：「那要看觀衆的喜好是什麼。他們要看喜劇，我們就演如你所願，要看鬧劇我們就演錯中錯，他們要看悲劇，我們就演 Romeo and Juliette，他們要看謀殺劇，我們就演 Hamlet，他們要看巫婆劇，我們就演 Macbeth，他們要看歷史劇，我們就演亨利四世。」

「好傢伙，這些你都能演？」

「當然，我們都是莎士比亞劇本的演員，觀衆喜愛什麼，我們就演什麼。」

「若是臺詞弄錯了怎麼辦？」

「那有什麼關係，反正這是一個露天劇院，不收費用的，我們都會將錯就錯的繼續表演，取悅觀衆。」

人死後有天堂？　27.10.15.二

一位杞人憂天的富翁去問一位智者：「人死後有天堂？」

「當然有。」

「那麼說，人死後還能繼續生存？」

「是的，還能繼續生存。」

「能生存在天堂？」

「是的。」

「那麼太好了，我死後，能夠在天堂繼續活著。」

「且慢」，智者阻止後說：「我指的是你的小孩。你是個大富翁，你死後，小孩迫不及待的繼承你的財產，開心的有如進了天堂。」

美國第一任總統　27.10.15

A.　美國第一任總統是華盛頓。

B.　你真是笨，華盛頓是一個城，怎麼可能是美國第一任總統。

A.　那麼誰是美國第一任總統？

B.　那是林肯，他被黑人槍殺，難道你不知道這事？

A.　好像聽說過。難道那被殺的不是甘乃迪？

B.　你真糊塗。甘乃迪是二戰時坐在輪椅上，指揮諾曼底戰爭，他把中國參戰的三萬軍士送到最前綫，讓他們登陸犧牲掉，保守這項秘密。有一個黑人，當時在場，看到中國人被這樣白白犧牲掉，爲中國犧牲的戰士不平，所以把甘乃迪刺殺掉。這是最近解密後得到的消息，你看美國人有多麼的可惡。

A.　天下居然有這種事，真是令人憤恨不平。難得我今天才有緣認得你，得到這樣的一個消息。你怎麼知道的？

B.　我祖父參加諾曼底登陸此戰役犧牲掉了。我得知後，將此事作爲我一生的使命，我要平反歷史，並且將這段歷史向世界公佈。我寫的歷史已經有人要提名申請諾貝爾獎金。你們快來將此事廣傳，好讓這段悲壯的歷史能夠平反。這是21世紀最轟動世界的一件揭秘大事。（當然這只是一個諷刺，沒有此事。）

教宗 Franziskus 逮捕兩位神父　3.11.15

現在的教宗做事很有決斷，許多以前的教宗不去做的事，他都要做，如整頓內部的腐化。

今天 FAZ 的報導（根據 2.Nov2015Jörg Bremer，羅馬）透露梵蒂岡秘密事件透露：

Zwei Mitarbeiter des Vatikans festgenommen 梵蒂岡逮捕兩位同事

In dem neuen Vatileaks-Skandal soll sich Papst Franziskus in einem vertraulichen Telefonat mit dem Chef des Wirtschaftssekretariats, Kardinal George Pell, über die Kostenexplosion im Vatikan beklagt haben. “Wenn wir nicht in der Lage sind, das Geld zu kontrollieren, das man sehen kann, wie sollen wir dann über die Seelen der Gläubigen wachen, die man nicht sieht”, wurde aus dem Telefongespräch in der Presse zitiert. “Die Kosten sind außer Kontrolle, es gibt Fallen”.「在新的梵蒂岡 Vatileaks 泄露的文件中，據說方濟各在向經濟秘書處的負責人，樞機主教 Kardinal George Pell 喬治·佩爾，抱怨梵蒂岡的成本爆漲，這是保密的電話交談。“如果我們無法控制可以看到的錢，我們又怎麼能看守到信徒見不到的靈魂。”這段隱秘的電話交談，記者引用：“成本失控，有一些情況”」。

爲什麼教宗不經過審問逮捕神父

我們談到，教宗有權，下令逮捕這兩位神父。為什麼教宗就這樣的不經過審問逮捕他們。

他說：教宗不願意讓他們再多犯另一件罪。

什麼罪？

他回答：那兩位神父會在審問中否認，說謊言，不承認此事的另外一個罪狀。

教宗 75 歲辭職

每個人都必須在 65 歲退休。

但不是教皇。

為什麼不呢？

教宗一旦當選，就是終身。

我們說，教宗的辭職必須年滿 75 歲。比正常人長了 10 年。

教宗不是普通人，此外，它根本行不通，不起作用。

為什麼不呢？

也可能當選教宗時，已經超過 75 歲。因此這是一個矛盾的悖論。3.11.15。

陌生人只在外國地區是外國人

一個中國小姐在巴伐利亞學的是 Valentin Deutsch Spruch，瓦倫丁德語，因為她聽說，瓦倫丁是很棒的德語。

她來到柏林，仍然說 Valentin 溫和的德語。

一位柏林人問她：你不會說 Hochdeutsch 官方的德語嗎？

她回答：那是高級德語？對我來說太高了，我只有 152 公分高。3.11.151

採訪著名銀行家 5.11.15

一位記者採訪一位著名的銀行家：

您一定反對希臘被歐盟解救，不被允許破產？

這位銀行家回答：不，我反對希臘的破產。

為什麼呢？

因為我們的銀行是希臘的債權人。

縱觀 Angela Merkel 對德國邊境至今不保護的各種辯論 5.11.15

現在每天在德國的媒體，都不斷的播放出許多討論德國總理 Angela Merkel 對德國邊境開放的問題。它引起已經湧入一百萬「逃難者」進入德國境內的人，每天還繼續湧入一萬的回教徒。Merkel 對德國邊境至今不加以保護，引起許多德國人的反對，特別是歐洲其它國家的紛紛攻擊反對。但是還是有很多德國人贊成，以致至今德國仍然處在對保護德國邊境問題呈半癱瘓的狀態，對封鎖德國邊境的保護，不采取任何行動。

按照歐盟規定，凡是逃難的人，一旦進入歐盟國家邊境，他們已經不是「難民」，因爲他們已經到達離開戰區的安全地帶，他們要由那個邊境國家首先來處理安排收容逃到那裏居住的這些湧進的難民的事宜，其它的歐盟國家可以來幫忙資助。可是那些邊境國家并沒有能力，也不願意好好的收容這些湧進的敘利亞人。歐盟沒有足夠的組織，和邊境防備設施，能夠來維護歐盟的邊境安全，和處理這些湧入的人潮。

在這種情況下，Merkel 決定德國來收容他們。可是一旦 Merkel 對這些進入的人給予錯誤的收容移民信號，使得那些要移民的人長驅直入，進入德國邊境。德國鄰國也不再阻擋這些移民的人，讓他們紛紛的進入德國境內。

對於要逃難和移民的人來說，他們希望能夠過好一點的生活，不能加以責備什麼。

可是對 Angela Merkel 的不知保護德國和歐洲境內的安全作風，引起很多的反感，尤其是這些「民族」遷移，不但使得德國連歐洲都開始動蕩不安。

這樣會使得德國的極右派的法西斯主義擡頭，他們是最反對外國人。

Merkel 這樣一道發令，引起百萬多人紛紛的邁向德國邊境，形成了移民的風潮。這種情況使得德國應接不暇，尤其德國邊境的巴伐利亞州，更是對這批似乎越來越多的移民難以招架。德國雖然富裕，可是境內已有的回教徒，已經造成德國的不安，如 2011 年 9 月 11 日，對紐約兩棟大樓的攻擊，都是來自於在德國回教徒移民的學生。德國自由民主作風，造成這些恐怖分子的溫床。

德國沒有義務要當宗教仁愛的領袖來收留所有想要湧入德國境內的移民。

在辯論中，德國的政客說，Angela Merkel 此舉這是行好事，跟法律不相關。

可是他們忘記了，德國是憲法法制的國家。國家的政治領導人員要履行憲法規定，而且有保護本土的義務。爲了行好事，領導人員做出不顧法律，不顧本國利益的行爲，是違反憲法的規定。有些德國人還說 Angela Merkel 是在出賣德國，應該逮捕 Merkel，她要受到法律的制裁，因爲她在就職的時候，發誓對德國的利益盡忠。她不是全世界的首領，也非宗教首領，不能以一時的憐憫之心，損害德國的利益。

現在將這些日子來德國媒體界的辯論，以及政治領導者的立場，大致情況分析論述如下：

1. 德國人受到二次大戰戰敗後，大部分的德國人才得知六百萬的猶太人被謀殺，大爲震驚，因爲這件事，除了與它有關的人知道，納粹對別的德國人保密。滅絕猶太人的集中營設在波蘭。德國人後來得知，受到良心的指責，要做好人，要做跟納粹時代相反的政策，所以在二戰後，一直在做著後悔悔過贖罪的行爲。法律規定有義務接受受到政治迫害的人們，每年都有好幾萬人，聲稱是受到政治迫害，德國一再的接受他們。這次遇到敘利亞的事件，德國認爲正是大舉行好事的時候，這是二戰后 holocaust 惡名帶給德國人的影響。由此看出，德國一般人并非是納粹，對納粹行爲痛恨，但是既然德國那時被納粹統治，做出那種慘無人道的殺戮，德人痛心，悔改，要當好人，贏得贊美，沒有顧及到這次敘利亞湧入的移民者會造成的後果，是否德國能夠勝任下來。
2. 德國的經濟强壯，受到榮華富貴的影響，認爲能夠幫忙，就幫忙。

沒有考慮到自我抵抗防禦國家疆域的必要措施。這是一種 degenerate 受寵一代的萎靡作風，如同性戀允許結婚。他們年輕的一代不知感激上兩代父母祖父母的建樹，在廢墟中重建起德國，而害怕背上納粹時代的黑鍋，要當好人，裏面不但有虛僞的作風，也不珍惜前人努力的成果，要當好人，不知量力，以及可能帶來的後果。這不是領導者應有的態度。這裏看出二戰後 70 年德國還沒有能夠消化所受到二戰後果的衝擊。

3. 在辯論中，不時也請國外的學者政治家來表達他們對德國 Merkel 措施的看法。昨天 Richard Sulik 在會談中說，若是衹有一百萬的人來到歐洲，歐盟的國家大家分擔，即使他的斯洛伐克小國家也贊成，也要收容一些闖入的移民。可是這樣一來，會有好幾百萬，千萬人移民到歐洲，他們要享受歐洲好的社會制度，可是并不能融入歐洲的社會文化宗教傳統，這樣歐洲會吃不消而垮掉。

4. Max Weber 說，有兩種道德，信仰的個人宗教的仁愛道德，和負責任的義務道德。Karl Jaspers 在 50 年前就說明，Kampf 奮鬥是不可避免。政治領導人物，要對國家負責，不能跟聖人一樣的以自我宗教信仰作風來做領導，這是不負責任。

5. Merkel 的決定，是歐洲以前千年來國王至上有一切權力的決定，他們衹對上帝和自己的良心負責，他們的發令有絕對的權威執行。可是現在是民主政治，要以人民的利益著想，先以本國的人們利益爲前提，然後才能擴展到鄰國世界。Merkel 所做的行爲，不但對德國不利，對歐洲也不利，所以歐洲的其它國家，連加拿大的人都反對 Merkel 的作風，這樣會使德國法西斯主義擡頭，反對外國人，這對整個德國，歐洲以及世界不利。

目前面臨的問題，是一種大的挑戰，至於到底德國和歐洲如何對待它，如何發展下去，還是未知數。

若是德國和歐洲沒有能力來應對目前的大挑戰的話，德國和歐洲會走下坡，前途不容樂觀。

我們談到死亡一字德文是沒有性別之分　6.11.15.

他：Der Tod，死，德文不分陰性陽性男女，是以 der，陽性來代表。但是 die Leiche 屍體，卻是屬於陰性。德國每一個字，本身都屬於一個性，德文有三種不同的性別，der，陽性，die 陰性，das 中性。每一個名詞字的本身，都有其中一個“性”來表示。死亡 der Tod，不管是男人或是女人死亡，都用 der，陽性來表達。

我：昨天我們談到 das Alter，但是 der Alter, die Alte 是指人。

提的問題太愚笨　8.11.15

我們看了 youtube 內播放馬英九和習近平兩人會面的情景。是中文報導。

我坐在他身邊，邊看邊給他翻譯。

他們這次會面，是歷史上的大事件。

臺灣媒體登出學生們占領議會，拿出標牌罵馬英九，說他是馬匪，賣國賊。

S 說：「這些年輕人有癡呆症，比老年癡呆還更糟，患老年癡呆的人，都是笑眯眯，不會說出那種罵人的話。」

馬英九和習近平兩人會面時，他們雙手握住，摔個不停，S 開玩笑的說：「這兩人有 Parkinson 疾病，兩雙手不停的擺動顫動。」

當會談結束后，記者提問題。

有一個女的背對著馬英九做出很不和善，凶凶的臉色，像一個 Dogger 狗。

S 先說，她這樣的態度，一定是反對馬英九，她不知道她的這個臉色世界各地都看到了。

過了一會，她還是同樣的背對馬英九，眼朝左右看，他說，他知道了，她是安全人員，在視察，有沒有不軌分子的出現。

過一會他說：「說不定有一個喜歡 Dogger 狗的人，看中她，會向她求婚。」

在馬英九和習近平兩人會面的場合中，曾經播放停頓，可能中途出現不守規矩的人在搗蛋。

馬英九在開記者招待會后，記者陸續發問題。

所問的問題，越來越不中肯。

他說：「這些記者發出的問題好笨。」

然後他說：「你知道這記者聽到的話，會如何回答？她會說，這是因爲她的讀者笨的關係。」

丈夫對太太表明

丈夫：我說過，我沒有女朋友。

妻子：那麼那位昨天跟你開旅館的小姐是誰？

丈夫：告訴你好多次了，她是我的秘書，不是我的女朋友。

太太：你騙鬼，女秘書跟你進旅館三個小時做什麼？

丈夫：公司的網路壞了，我們不得不搬入旅館繼續工作，女秘書跟著我進旅館是天經地義的事，我們在旅館房間內辦公。

妻子：你講的好聽，誰知你們在旅館內做什麼。

丈夫：當然是辦公事。你不相信的話，可以去問我的秘書。

妻子：你們兩人一鼻孔出去，我問她做什麼。

丈夫：那你要我怎麼辦。

妻子：別把我當傻瓜看待。你明明有一個女朋友，把她拿到身邊當秘書，不時跟她開旅館。

丈夫：你聽誰說的？

妻子：這點跟你不相關。我問你，你那位秘書是不是你的女朋友？

丈夫：所有我認識的人都是我的朋友，若是女的，每位我認識的女性，都是我的女朋友。

妻子：你別那麼的油嘴，來顧左右而言它。那麼你的女秘書，就是你的女朋友了。

丈夫：按照我剛才的定義，也可以稱爲是我的女朋友了。

妻子：總算你承認了她是你的女朋友了。

丈夫：可是我跟她沒有關係。

妻子：沒有什麼關係？

丈夫：男女的關係。

妻子：這是指什麼？

丈夫：不管是什麼，我跟女朋友沒有性的關係。

妻子：你又來騙鬼，但是跟你辯論，沒有結果。你我心裏都明白，你跟女朋友時常偷情，怎麼還能說沒有性的關係。

丈夫：你到底要什麼？

妻子：我什麼都不要，連你也不要。

丈夫：這是指什麼？

妻子：這還不明顯。我不要你了，表示離婚。我不能容忍丈夫有了女朋友，還來張口說謊話。所以離婚是唯一一條了結這種錯綜複雜的夫妻關係。13.11.15.五

荒謬的劇院

瘋人院裡的醫生說，瘋子和外界之間沒有太大的區別。 他們不能分辨清楚現實，跟現實沒有取得真正的關係。

戀愛中的人喊：Urika（女人的名字）

妒忌者喊：社會正義

窮人高呼：提高富人稅率

伊斯蘭自殺者高喊：Allah hu Akba 真主阿克巴

綠黨的人高喊：保護自然，德國分化差異如剪刀，同性戀結婚

另一個為了健康，打太極拳。

一群人尖叫，老人癡呆病，如何預防。

一群人贊同幫助自殺，安樂死。

一群人尖叫，仁慈，讓所有難民來到德國。

其他人大喊，必須捍衛德國邊境和領土。

所有這些人在舞台上來回奔跑，對於同樣的事情總是像瘋人院一樣尖叫著他們的口號。19.11.15。

政治舞台：自由主義實施後

在自由主義施行後，兩名共產黨員來到銀行經理那，他問：

“你想要什麼？”

“給我保險櫃的鑰匙。我們要財產公平化，要你的立場和位置，這是自由和平等，那就是銀行的所有金錢，即是擁有所有私有財產，都國有化，也就是平等。”

第一次世界大戰後就是這種情況。

如果社會處於混亂狀態，那麼自由主義根本就不可實施。壞人只用這個詞來獲得權利力量和金錢。28.11.15.。

和平主義者的轉變

基督教首先使羅馬人成為和平主義者。然後日耳曼基督教像十字軍東征一樣，將戰鬥力付諸行動。在人們不再相信基督教之後，教會開始謙虛，為窮人說話，反對富裕。14.12.15。

Tiger und Ziege in Sibirien 在西伯利亞的老虎和羊　15.12.15.

http://www.spiegel.de/panorama/tiger-und-ziege-in-russland-freundschaft-statt-futter-a-1067823.html

請大家分享：在西伯利亞動物園中老虎與羊能安然并存。

爲了讓老虎喜悅，能夠有一隻活生生的羊供他活食。將一隻羊放入虎的生存地帶，讓老虎獵殺喫食。

沒有想到，老虎不但不吃牠，反而跟羊成了遊玩的伴侶。這真是一個奇跡。

從此看出幾點：

1. 老虎不用自己去獵食，不餓，牠所缺少的是遊伴。
2. 中國成語的「羊入虎口」失去作用，虎與羊能安然相處。
3. 老虎沒有受到威脅之感。所以用不著去攻擊羊。羊也沒有畏懼之感，所以用不著逃避老虎，所以這兩種截然不同的素食和肉食動物，能夠相安無事的相處。唯一多一項工作的動物園餵食者，要在虎穴內，安排草等的素食吃。這兩種動物對食也用不著擔心對方會搶去自己的糧食。

4. 他們沒有鏡子，也許老虎以爲他長的就是跟羊一個樣子。羊沒有生存在野外，是在動物園內，沒有受到猛獸的攻擊，牠因此對老虎也不害怕，也許以爲老虎是牠的同類---以狐假虎威的成語爲出發點。

5. 他們兩位不是生存在大自然內，而是在一種安樂的世外桃源中，失去了原始的攻擊和畏懼之心。因此牠們能夠怡然自得的相處。這真是一個很奇特的例子，可以供給我們很多的反思。

監獄官　16.12.15

一位記者問退休的老監獄官，在政治監獄中的感想。

他回答：每一個時代都有特殊的政治犯人，他們有時會得到平反。可是不少人就死在監獄中。不過我對他們都很尊重。你問爲什麼？因爲他們的共通性，是敢說話，不跟當局妥協。可惜他們都不信仰宗教，否則他們都可被封爲完人、聖人。

有人問史達林　16.12.15

一位美國記者問史達林：「歐美先進國家，都有反對黨，就是你們沒有。爲什麼？」

史達林回答：「當然有，誰說沒有。」

「他們在哪裏？我怎麼沒有看到。」

「你要去拜訪他們？他們五花八門，不過都聚集在一處。」

「什麼地方？」

「在監牢裏面。」

你不久就會説俄文了　26.12.15

他這幾天不住的看俄文電視的連續劇，演「戰爭與和平」，「Idiot」。

我說：你不久就會說俄文了。

「爲什麼？」「我聽說有些中國小孩父母不在家，就要小孩聽電視中的節目，而小孩自然而然就學會德文了。」

他回答：「小孩的領會能力特强，不需要老師就能學會一個語言。誰說需要上學，衹要看電視，不上學就能夠無師自通。」

Dostojewski 曾爲你寫過一書

A 跟 B 說：

Dostojewski 曾爲你寫過一書。

B 驚異的問：怎麼會，是哪一本書？

A.　Der Idiot

B.　怎麼會有這種事。

A.　不是寫你，是寫誰！

醫生去找稅務局人員　26.12.15

一位醫生收到一個賬單，他要再繳交 7000 歐元的稅。

他拿了稅單去找稅務局人員說：「這怎麼可能？我每三個月按時繳交 5 千歐元的稅，怎麼還不夠，又要我再補交 7000 歐元。我不止是一位醫生，還是有執照的稅務事務所專員。讓我算給你聽。」

這位醫生一步步算給那位稅務局人員，兩個小時后，對方弄成滿頭霧水，一點不懂，於是這醫生說：「我算出來的結果，是不但我不必補稅，稅局還得退回給我 3000 元的稅。」

這位稅務局人員被此醫生的算數，弄得啞口無言，最後佩服的五體投地，乖乖的回答：「遇到高手指教，就這麼辦，稅局是得要退回你 3000 歐元的稅。」

兒子要給父親一個生日禮物　27.12.15

父親生日，兒子問父親：「我要送你一個生日禮物，你要什麼？」

父親回答：「我喜歡的，但是要你自己創意去做的。」

到了父親生日那天，打開兒子的禮物。那是 Wiener Wurst，兒子用油漆漆成白色。

兒子很驕傲的說：「你最喜歡吃白香腸，我把維也納香腸，加上家中剩下的白色油漆，油漆成了白香腸！」

眞是糟糕　27.12.15

丈夫回家大喊：「真是糟糕，真是可怕！」

妻子問：「什麼事情糟糕和可怕！」

「報紙上刊登股票一日內下跌 30%。」

「你管它做什麼，我們根本沒有股票。」

「啊，你說對了，這是窮人的好處。那些有錢人，最好錢都丟光，讓他們嚐嚐當窮人的味道。」

在美國黑人解放後　27.12.15

在美國黑人解放后，并非每個黑人就完全解放跟白人平等。

許多黑人還是受到歧視，不准進入白人的大學，或是白人區的飯店。

有一個美國白人帶了一條狗進入飯店。狗不准進入。

那位顧客回答：爲什麼，那不是黑的狗。

什麼是別人　31.12.15

別人是多餘，別人是自私，尤其有錢人太傲慢，把錢視如命。有位置的人，沒有能力，占據茅房不拉屎。老闆是大笨瓜，沒有謙虛之心，祇會指使人。醫生就是爲了賺錢，否則爲什麼老有窮人死，而見死不救？不但如此，多半是庸醫，要不然爲什麼醫院裏面，少不了太平間？ 教授、律師和宗教領袖更是「人嘴兩張皮，說話有動移」，憑著一張嘴來到處講課寫書佈道騙錢。

總之別人是沒有良心，別人是大笨瓜，別人的意見都是垃圾。別人都是多餘。

什麼是自己？

自己是聰明絕頂，被別人輕視妒忌，以至懷才不遇; 自己要奮鬥競爭，卻被人排擠，得不到高位; 自己是要聚集財富濟世救人，而上天沒眼，老是沒有中獎;那麼衹有設法利用僅僅有的一點小組長的職位，貪點財，以便能夠救濟窮人，卻被人毀謗貪污，坐進監牢。

這個世界太不公平，這都是因爲太多自私自利的別人，在社會上濫竽充數的結果。

第六章　處處相連

有問有答：到底誰有理？扭曲事實

扭曲事實是人類生存的一種本領。有時扭曲了好多次，讓人難以尋根究底的找到原始的動機。

夫妻離婚，公說公有理，婆說婆有理，即使是清官也很難判斷家務事，是誰有理。

任何侵略別國的國家，都能找出敵國的錯誤，然後替天行命的去討伐別國。

即使殺人凶手都能說是對方如何該殺。

革命分子，煽動不滿意的人們，要年輕小伙子去拼命，去犧牲，革掉前一個朝代的命，謾罵是他們腐敗無能，等那些人被殺被搶，革命分子自己登上寶座，比上一個朝代的人更是凶殘無道。

恐怖分子，殺死無辜的人，沒有一點自責之心，反而看到他殺死的人，越多越好，即使自己葬身在跟警察火拼之中，也在所不惜。而罵那些人是醉生夢死，他們是爲理想犧牲。

這位 A 犯下滔天大罪，知道他遲早要死，而對別人說：

這是我情願，活著浪費天糧，死了，我的頭痛也不會再痛了，胃痛，背痛都一筆勾銷，不會遭受到長官的處罰，不用去諂媚別人，同事也用不著來排擠我，不用再花腦筋找女朋友，我這一輩子沒有做過虧心事，被關閉了 5 年，真是冤枉。我欠了一屁股的債，也不必償還，那些有錢人，就是要他們知道，他們不知道佈施給我，還

要我當奴隸的爲他們做事，我才不幹，他們索不回我欠的債，大快人心。這是我一死了之，替天行道，何樂不爲。2.1.16

朋友是什麼？

A.　朋友是什麼？

B.　是妄想。

A.　你怎麼能這樣的說？

B.　我反問你，你有沒有一個真正的朋友？

A.　說實在話，還沒有。不過我不放棄對朋友的期望。

B.　我活到 60 多歲了，我不再妄想。我跟所有沒有厲害關係衝突的認識人和同事都相處的很好，我們談的來，可是不是朋友。你呢？

A.　跟你差不多。可是我不放棄這個追求。

B.　那麼祝福你。

過了一會 A 說：

A.　你的祝福生效了。

B.　你指的是什麼？

A.　我們認識四十年了，憑良心說，你是我的唯一朋友。

B.　哦，你，你有理，你也是我唯一的朋友。你比我好，你的希望，點醒我的糊塗。我們何必遠求，幸福就在咫尺之內。

說完，他們互相乾杯，祝福發現他們倆才是真正的朋友。他們在寂寞時，時常在一起，在頹喪時，互相支持給予勇氣，在厲害衝突時，從來不曾互相爭奪，在有困難時，爲對方解決瓶頸，他們在相處四十年中，互相默默的給予支持。這才是真正的朋友。

這天是他們最幸福快樂的一天，因爲他們發現了真正的友情是多麼的珍貴難得。3.1.16.日

你喜歡什麼顏色

這是一個左道邪門的宗教，在路上吸引信徒的方式，問路人，喜歡什麼顏色，來開始他的搭訕，然後勸對方去聽他們免費開的課程。A 知道佈道者的這項慣例問題，就做好了準備回答。

佈道者：你喜歡什麼顏色

A：褐色。

佈道者：什麼樣的褐色？

A：像糞便的褐色。

佈道者：這可有些難聞。

A：這正是我喜歡的顏色和味道。

佈道者：此外還有什麼別的顏色？

A：淺黃色

佈道者：什麼樣的黃色？

A：就跟尿一樣的淺黃色，而且越深越好。

佈道者：這樣也是難聞。爲什麼你喜歡這些難聞的味道。

A：因爲這個世界的人說的廢話都是跟糞便一樣，跟尿一樣，我聽慣了，聞慣了，就喜歡上了它們。

佈道者：你的這種想法，正合乎我們的宗教，我們也是反對世人的道德淪落，滿口胡言亂語。這是我們開課的原因，下周一的課程是：如何在這混濁的世界我們保持清新。

A：我不要聽，我不要保持清新。我寧可渾水摸魚。

佈道者：你正是我們要拯救的人，我們的宗教是以仁愛爲出發點，看到你在淪落，我們心中很難受，請問你叫什麼名字？

A：你們的上帝不是全能的嗎，你可以去問他，何必來管我的名字。上帝要拯救世人，何必透過你們？

佈道者：因爲我們是神的使者，神的信奉者，所以我會關心你。

A：謝謝你，不過我不會步入你們這種假藉神的名，假藉仁義道德，來求利，來拉攏信徒的圈套。 5.1.16

你要當神父？

A.　你要當神父？

B.　是的。

A.　你知道現代的誘惑很大，你能夠忍受得住神父守貞不結婚？

B.　是的。

A.　你那麼的自信？

B. 是的。

A. 你有沒有過女朋友？

B. 沒有。

A. 這很難得。

B. 這并沒有什麼困難。因爲我是同性戀。

A. 詫異的說： 同性戀還得了。主教知道？

B. 當然。

A. 你問過他。

B. 我不需要問。

A. 爲什麼？

B. 因爲他就是我同性戀的友伴。13.1.16.三

一位苦口婆心的黨員說了一句話

一位對臺灣總統大選結果，對國民黨衹是短短的說了一句話：浴火重生。

這句話很沉重，但是它也是一種鼓勵。

衹有從失敗中取得教訓，反省改進，才能最後又取得勝利。16.1.16.

在 Sixt 出租汽車行

今天去 Kassel-Wilhelmshöhe 去租車。

訂好的是中午 12 點去取車。

我們準時到達。

計程車司機進入出租汽車場地，把我們放下后，還要開車出去，需要一張租車行的出境卡。

S 進入到租車行內，櫃檯小姐 A 看到他問：

「你有什麼事？」

她那裏有兩個人在跟她討論租車。

S 說：「對不起，准許我打岔，計程車司機要出去，需要一張卡片。」

A 看了他一眼，遞給那司機一張卡片。

我們等待她跟那兩位年輕的男人辦理事情。

一等就是二十分鐘。

這時我要上一號，我就進入旁邊的門內的洗手間。

有一位男士，很不客氣的吆喝我：

「你要到那做什麼！？」

我回答：「上洗手間。」

「那裏的洗手間壞了，不准許上。」

「哪裏壞了？」我問。

「水管的水結凍。」

那人的聲音很兇，這時 S 說：

「你們這邊的人，對待顧客怎麼說話都是凶凶的。我們還要寫郵電去問，到底是否真是如所說的厠所壞了。」

經 S 這樣一說，那位 A 小姐，臉色不再那麼的凶狠。

我們等那兩位年輕人走後，S 把預定的車行寄來的租車車單交給 A。

我們所以事先預定租車，是有一次從住在 Gehrden 的旅館內，叫租車去 Paderborn 的 Sixt 租車行，那裏衹剩下一輛小型汽車，不夠放兩個大行李。但是我們既然去了，衹好拿那輛小型汽車，至少可以用幾天，然而不能開它帶上行李還車，去上 IC 火車。因此隔了三天后，才有一輛較大的汽車，我們就再去 Paderborn 的 Sixt 租車行，換了一輛汽車。那裏的工作人員普通，沒有什麼不和氣。

上次從 Kassel-Wilhelmshöhe。租車時，一位小姐也普通。而這次那裏的人員語氣都是很重，態度不好。所以 S 才來說話了。

沒有想到，他這樣一說后，裏面的工作人員，態度轉爲和氣。

當我問一位閑坐的男士，哪裏有垃圾桶，我要扔掉橘子皮。那人走出他的工作圍欄，手上拿了垃圾桶，要我把橘子皮丟進去。

請問，這場經驗，您們的解釋和評論？

是好酒不吃罰酒，

還是他們知道改過，

或是他們以爲顧客反正不值得客氣對待，所以可以擺起凶相，來發泄自身的心靈垃圾？

還是害怕顧客告到公司那裏，他們會受到貶責，才改好態度？21.1.16.四

在一個豪華旅社內

在一個豪華旅社內， 一位旅客 A 認出了另外一位旅客 B。

A 很驚奇的說：你就是那位鼎鼎有名的作家，批評有錢人，批評他們住豪華旅館，說他們多麼沒有道德，不把錢財分給，賺錢不如他們的人，批評社會不公平，但是你怎麼也住進這家豪華旅社？

B 理直氣壯的回答：我不罵有錢人，不批評他們的話，哪裏能夠賣出暢銷書，達成我賺錢住進豪華旅社的夢想。

A.　你這是榨取窮人的錢。

B.　你說錯了，是他們自動要買我的書。他們絕非窮人，衹是一般的人。他們妒忌有錢人，又不知道如何正規的多賺錢，對自己的生活不滿，他們有太多的心靈垃圾，無處發泄，這也是病態。我等於是他們的心靈醫生。這種充滿負面情緒的人，衹是喜歡聽到有錢人的壞話，我給予他們精神營養的安慰，這是我的生財有道，你哪裏能夠這樣的來毀謗我，說我榨取窮人的錢！26.1.16.

人世間百態：人都要有些缺點

A 和 B 談到人都要有些缺點，缺陷，才會引起別人的諒解和同情。這就是缺陷美。

他們能夠找到所有首領的缺點。如德國的麥克爾，幾乎把德國給毀了。美國的 Obama 總統，才能不夠。2.2.16.二

Putin 沒有 Putin

Putin跟美國總統Obama一起開高峰會議時，喫了前菜，主菜，到甜點時，Obama 把 Putin 的甜點布丁拿走了。

Putin 問，這是怎麼一回事？

Obama 回答，這是對他占據 Krim 克里米亚西方對他的制裁。3.2.16.

Croy 不肯賣他的地皮

他說我們可以跟 Croy 說，他不肯賣他的地皮，沒有關係，我們不必買，但是他可以送給我們的基金會，而且還可以抵稅。

至於如何利用它，可以讓 Weich 繼續來耕種，我們收租費。

他說的那麼的好笑，我們忍不住兩人在他的書房大笑不已。3.2.16.

灰燼是鳳凰的騙局僞裝

歷史上總是會有發生過一些騙局。有些人，也因此出名，如 Der Hauptmann von Köpenick，他只是一介平民，但佯裝為上尉，鬧到皇帝那裡，皇帝對這件事，很幽默的大笑。這位假上尉，因此有名，德國的作家 Carl Zuckmayer 寫過一個劇本 Der Hauptmann von Köpenick 來描述這件事。

如今人們還沒有死，但在稱讚灰燼前，來戴高帽子。就說鳳凰，就應該高高在上。因此，Stefan 就發展出這了句話，灰燼是 Phoenix 鳳凰的騙局偽裝。3.2.16

Detmund 換人是什麼意思？

接到一位叫 Stammeier 的人，她來信說，我們申請基金會的事，她接 Nupens，來審查此事。

這件事情很蹊蹺。

我們應該在 Nupens 那裏成立基金會，跟她開始在去年 6 月就談基金會，談的差不多了。當我們具體的問，何時能夠成立。她沒有回答，祇是說要問一個我們居留地的問題，給她回答后，她沒有回信，就換了另外一位，Stammeier，這大概又等於重頭來起。

我們昨晚談這問題到半夜近 2 點半。

我們一方面要盡量爭取，辦理基金會，另外一方面，不能因此變成任人擺佈，捐出我們的財產給基金會，卻受到政府官員的隨意擺佈。我們設立基金會的宗旨之一，是維護文化遺產，這樣的來拖延，實在沒有意思。5.2.16.

當我們在 2016 年中得知，要在古堡前設立三個 233 公尺高的大風車，這跟我們維護文化遺產的宗旨背道而馳，我們就自動撤除還在申請的基金會。而在這期間，一切又都在變化。那三個 233 公尺的大風車，不建造了，我們才開始積極翻修古堡。2019 年，我們得到 Wellebadessen 市長 12 月 12 日第一次頒發的家鄉獎第一名，這是我們不曾料到的榮譽。這是對我們的一種鼓勵。這樣我們打算明年再申請辦理基金會。29.12.19 補記

黃小姐下午兩點要離開

又是每個月一次的開會時間到了。

劉先生在 9 點時告訴與會的林會長，說：「今天黃小姐要我先轉告會長，她下午兩點要早點離開。」

林會長回答：「先決條件，是她要在兩點前到會。」5.2.16.五

明天黃小姐下午兩點要離開（不同反應）

又是每個月一次的開會時間到了。

劉先生告訴與會的林會長，說：「明天黃小姐下午兩點要早點離開。」

林會長回答：「她三點才會來，怎麼能夠兩點就離開。」

5.2.16.五

我在廚房找到了喫的

下午 5 點半，我把湯放在電鍋內煮，跟他說，我已經煮上了湯，他要吃別的話，要看他要喫什麼了。

這周是他的值日，他沒有弄早午飯，都是我幫忙他弄的。這是沒有什麼關係。在威禮來的那周，是他幫忙弄早餐的，因爲他嫌我弄的不好看，擺設不夠體面。

不同的是，我贊美感謝他，因為他會擺設，也會弄可口的菜餚。

今天我煮上湯后，講完，就在做操。

他總算自動的進了厨房找到他要喫的食品，他出了厨房后說：「我找到了喫的。」

「是什麼？」

「我不告訴你。」

他在電腦前坐下來後說：「你不能在 LH 工作。」

我想他是指，我不善於在厨房找到吃的。

他又說：「我可以，那是大於 165.」

我在想，他指的是什麼？他找到吃的是什麼，那 165 指的是什麼？難道是指吃的東西是 1.65 公分，那又會是什麼吃的？

原來他是指要在 LH 工作，至少要 165 公分高才可以。

好久也不見他把菜弄好端上來，原來他是把冰凍的雞翅膀在鍋子內煎，這需要一段時間才能夠炸熟。

當我看到鍋中的鷄翅，我贊美：「你是世上最會炸鷄翅的人。」8.2.16.

不愛江山愛美人

談到英國國王愛德華 8 世，沒有魄力，不愛江山愛美人，喬治六世，害怕當衆演說，而談到現在的伊麗莎白二世女王時，A 說：

她是一位最優秀的國王，在她 60 多年的在位期間，沒有做過任何一件令人批評的事，她幾乎是沒有缺陷。

B 聽了后，不贊成，說：她有一個沒法糾正的缺陷。

A 很不服氣的說：我不相信，你說給我聽聽。

B 回答：她是一個女人！9，2，16.

晚飯吃的太飽

跟威禮他們一塊又去 Enchante 晚飯。

我們叫的都是 Pizza，喫的太飽。

S 說，他受不了了。若是要他再吃的話，他說什麼都不幹，寧可什麼都招出來，也不肯再吃東西。

我問，他要招什麼出來。

他說招什麼都可以，對方要他說什麼，喜歡聽他說什麼，他就說什麼，祇要對方饒了他，不逼迫他再吃東西。

現代的人，生活太富裕了，變成吃的太多成了一個大問題。11.2.16.五

問牧師的話

信徒問牧師：人們為什麼如此憎恨他人，並怪罪他人？

牧師回答：這樣他們就不能怪上帝。26.3.16

誰是罪魁禍首？

我們談論那艘沉船的Niobe，是誰的罪，船長Refuß被判無罪。

但是在 Gorch Fock 船，有一個學生從帆船桿摔下，因此船長被部長 Guldenberg 解僱，這也太誇張了。

然後Stefan說：在Niobe船上去世的Kadeten學員，父母肯定不滿意，他們想為死去的孩子找尋一個背罪的人。 如果船長 Refuß 被判無罪，那誰負責死亡？是那陣突然刮起的 Bö 陣風？ 但這不是人的錯誤，使受害者的父母對於死亡的孩子，所難以接受的。

人們總是期望。對於一件不幸的事件，能夠找出一個罪魁禍首。26.3.16.

我祇是喫葷

AB兩人辯論。

A：我是素食者，這是很人道的作風，我不喫葷食，我不殺生。

B：你不喫葷，難道你是佛教信徒？

A：我不信任何宗教，我是最現代化的人，我喫素，完全是基於人道，仁愛觀念。

B一聽，知道他又碰上一位滿嘴仁義道德的人士。

B：你愛動物？

A：當然愛，這是我不喫葷食的原因。

B一聽A的假仁慈，假道德的作風，就故意回答：我愛花，愛樹木，愛蔬菜，我不忍心喫掉我愛的植物。這是我葷食的原因。

A：難道你不愛動物？

B：動物就跟人一樣，狗髒兮兮，會大便，豬也是到處拉屎，狗會亂吠人，咬人，我不喜歡動物，所以吃葷食。而植物靜靜的，給人氧氣，供人愉悅欣賞。它們會放射出香味，我喜歡這樣的生物，他們不會攻擊人，不會抱怨，不會有不滿之心，它們也有生命，祇是默默的生長著，默默的貢獻它們的清香。所以對我來說，寧可吃動物，而不喫沒有自衛本領，又對人類有好多益處，并且還有生命的植物。

B故意這麼一說，把自以爲高高在上，挂在嘴上滿嘴道德仁愛的A，弄得滿臉通紅，啞口無言，不知該怎麼回答才好。28.3.16.—

安眠藥

AB 兩人對失眠各有其法。

A.　我喫安眠藥十年，可是有不少的副作用，藥量越來越大，而且胃部肝部腎臟都受到損失。

B.　我也有一種安眠藥，它沒有一點副作用，而且百用百效。

A.　有那麼效果的藥品，為什麼我的家庭醫生不告訴我，給我開這藥方。

B.　醫生治不了的，也開不出這種藥方。

A.　請快說，我一定要設法照辦。

B.　那是睡覺時，拿一本書看，準保睡著。這種方法對教書不起勁，上課打瞌睡的學生都是十分有效。2.5.16.—

OK 和 K.o

一對夫婦同意不要使用 OK（確定）一詞，因為德國人不應該使用這種不確定的詞。

當那個妻子再次說這個詞時，她的丈夫給了她一個巴掌。

她是如此被嚇到，幾乎暈倒。

當她醒時，她說：現在我是 K.o（昏頭轉向）。2.5.16

吝嗇鬼與銀行家吃飯

吝嗇鬼與銀行家在餐館吃飯。

吝嗇鬼叫菜：一盤有兩個香腸，我們分著吃。

銀行家說：我付午餐。

這個吝嗇鬼對跑堂說：跑堂先生，由於銀行家付款，我現在訂菜方式有所不同。魚子醬作為開胃菜，牛排 300 克作為主菜，龍蝦作為中間菜，甜點我還會再點。

然後銀行家說：啊，今天我忘了帶我的 Portemonnaie 錢包和信用卡。

然後，吝嗇鬼說：跑堂先生，銀行家沒有帶信用卡，也沒有帶 Portemonnaie，我現在點菜：一根香腸，我們合吃。我得一大半，銀行家得到一小半。6.5.16。

你夢到了什麼？

A：你夢到了什麼？

B：我吃得太飽了。

A：你想要節食減肥？

B：正是。這對我來說很困難，所以我在夢中，吃飽了。20.5.2016.

一個胖家庭吃飯後

一個胖家庭由父親，母親和一個胖孩子組成。他們晚飯吃飽後，大家都很累，飯後都躺在沙發上看電視。

男孩說：過去的人們真好。

父親問：你這話指什麼？

男孩：我們的歷史老師說，過去人們沒有飯可吃，所以他們很瘦，這樣他們過得很好。我們有那麼多的食物，變得發肥發胖，每天的肚子這麼的飽滿，實在難以忍受。20.5.16.

向女人獻媚

一位年輕的扒手 A 要拿一位摩登女人 B 的錢包。

A：請舉高手，否則我要强迫。

B：這不是求愛的方式。

A：那麼我向你求愛，請帶我到你的住處。

B：這樣很好。

B 把卻把他帶到警察局，說：這是我的住處，你快招供你的搶劫和要強姦的企圖。22.5.16.日

付現金

一個妻子給丈夫幾百歐元現金，讓他把現金放入銀行 Bank。

晚上，那個男人喝得爛醉返家。

妻子想知道，問他把錢放進了銀行 Bank？

他回答：當然，我在酒吧的椅子 Bank 上，喝酒，全用現金付了錢。

什麼，你把現金用來支付酒？

丈夫回答：我坐在酒吧的椅子上，不能喝那麼多現金的酒，邀請了一些朋友，我們都喝醉了。我完全按照妳的指示，完成了所有任務，把現金付給酒吧，你還不滿意，來指責我什麼！22.5.16。

有人想去 Düsseldorf

有一個人想去 Düsseldorf，一個小時後卻又返回來了。

有人問他為什麼回來？

他回答：由於我不想去 Düsseldorf。

他的鄰居說："你去車站就是要去 Düsseldorf 的。"

"不錯，我是打著去 Düsseldorf，但火車遲了十分鐘，然後又再誤點一刻鐘。在這段時間裡，我想，為什麼我要搭乘火車去 Düsseldorf，我根本不想去 Düsseldorf，只因剛好火車上有特價票，我就買了下來。但是火車來晚了，而且延遲了兩次，我有時間思考，為什麼我要搭車到 Düsseldorf。我沒有必要到 Düsseldorf，只是為了得到一張便宜的票，來浪費了我的時間？對我來說，這太愚蠢了。所以我決定，我寧願丟棄這張票，因為我得搭乘這火車到遠處，在那裡對我來說，什麼意義都沒有，只繼續花錢，那太愚蠢了。因此，由於火車誤點，才讓我把一切看清楚，而丟棄那張特價廉價車票。
6.6.16

一個富婆花了三百萬臺幣購買一隻小狗

報紙上刊登一個王大亨的富婆花了三百萬臺幣買入一隻小狗，讀者看到這個消息都感到奇怪，爲什麼那個富婆肯花這樣大的錢，買一隻最普通的白黑色的小狗。

原來王大亨生前最好的好友，是一位老方丈，在王大亨過世三個月后，夢到托夢給他，重新投胎，投胎到一隻黑白小狗的身上，要方丈去尋找那隻狗，并告訴他生前的妻子，買回家來奉養。

果然她在那位方丈的指示下，走到一家寵物商店，看到有一隻這樣黑白色的小狗，才生下還沒有一個月。

這位富婆篤信佛教。她不惜花大錢買回來這隻黑白相間的小狗，取名爲黑白。

一方面她鍾愛這隻黑白，但是另外一方面，她的內心下意識內，要報復丈夫三十年來，對待她的不公平。

她曾是一位好動外向的女子。她有著生命的喜悅，喜歡跳舞遊玩，交朋友，喜歡上飯店吃一些她所喜歡吃的食品。她大學學法律，精通幾國外國語，英文，法文，意大利文，口齒伶俐，拿到國外獎學金，可是父母不願意她出國，她是父母的唯一掌上明珠，她有傳統的美德，有孝順之心，她就留在臺灣陪伴父母。她在一家報社當新聞記者，還在電視臺主持一個烹調營養節目。

她最愛吃東坡肉和炸子鷄，可是家中爲她做媒，嫁了一位當地篤信佛教的王大亨大富豪。

這樣她完全走上另外一個生命的路途，丈夫害怕她出外會有外遇，强迫跟著丈夫信仰佛教，辭去電視的節目，不准當新聞記者，不准她出外拋頭露面，强迫她每天喫素。她所生的三個小孩，也是喫素。

她控制自己的口饞，不敢再幻想吃葷，久而久之，她成爲人人羡慕喜愛的佛教徒。

可是她的內心隱藏著一種不滿，不滿意她的婚姻，不滿意她的丈夫，不滿意她的才華和年輕年華葬送在丈夫的壓力壓迫控制之下。她將這種不滿吞下肚，表面上是風平浪靜，微笑的待人，但是她的下意識内卻是充滿了憎恨、不滿和攻擊性。

當丈夫過世時，她沒有什麼太多的傷心，對外卻裝作悲痛欲絕的好好大哭一頓。

她哭了一場后，感覺輕鬆許多，其實那哭泣，是她哭盡了她三十年來對丈夫的不滿，和對自己的憐惜。

****

她買回了黑白小狗，用鏈子栓住他，不准他亂動，不給他喝牛奶，衹給米湯。不給他吃肉食，衹給他吃素菜米飯。

黑白的發育不良，獸醫說，黑白需要葷食，她回答，她不喫葷。獸醫要她買狗罐頭給黑白。

當她打開狗罐頭時，黑白一聞，胃口大開，忙過去要喫，她看到這情況，就打罵黑白說：

「你這不識相的狗，素食投胎過來，還要喫葷，你要喫葷的話，非先揍你一頓，教訓一番不可。」

這樣黑白在她的大罵大打之下，還是寧可食肉罐子，寧可挨打挨罵，不肯去喫她給的素食食品。

每天她有了發泄的對象--她對丈夫的不滿控制有了一個心靈的垃圾可以向黑白還擊，她的憎恨逐漸減輕。慢慢的她開始反抗自己和別人加諸于她身上的枷鎖。

她搬到城中心去住，逛街逛商店，找大學朋友來玩，開同學會，大家去逛館子，她因此逐漸恢復喫魚喫肉的生活。

她不再買狗肉罐頭給黑白。她開始自己烹調魚肉，剩菜剩湯給黑白來喫。黑白對她性格的改變很是高興，她對黑白逐漸好了起來。黑白不再害怕她，每次她返家，都拼命的搖尾巴歡迎她。

她開始又恢復以前的活潑生活，創辦了一個語言學校，在電臺恢復主持營養的節目，她顏面露出的是內心的喜悅，她終於達成她年輕時的願望。

她的心靈有了新的寄託，不再是一再的受環境的壓迫來壓抑自己。

她成了一位另外面目的人。她成爲她自己。

她不知這是黑白的功勞。黑白接受一切她轉到下意識的憎恨，憤怒，不滿，攻擊的惡性天性，黑白任打任罵，沒有抗議，她的心靈垃圾有了發泄的對象，使得她又恢復到她原有天性的善良一面。
9.6.16

我很高興，越變越好

老張是位外科醫生，他的口頭語是：「我很高興，越變越好」。這是他的人生教條，不管是什麼環境，永遠不抱怨，保持樂觀態度。當了醫院的主治醫生後，他仍是這句話：「我很高興，越變越好」

幾年后，醫院新來了一位院長，老張沒有去巴結他，新院長把他的主任位置撤除。

他心中當然不服氣，可是當別人帶著同情的眼光看他時，他還是笑著說：「當主治醫生太忙了，我很高興新院長把此位讓給年輕人，這樣我有時間來做我喜歡的事，我的情況會越來越好。」

有次他開車，酒醉被吊銷執照，他瀟灑的說：「這樣很好，我可以把汽車賣掉，我很高興，這樣不用花腦筋來開車，出外喝喜酒可以盡情的喝，我的情況會越來越好。」

在一次臺灣人和外省人衝突時，他爲了救助受傷的人，不幸被捲入風潮，被人捅了一刀，他被送進醫院，臨死前他說：「我很高興，我死了就不用有那麼多的煩惱，我的情況會越來越好。」
12.6.16

美國 Orlando 發生的血案

昨天在 Orlando 發生的血案，50 人被殺 53 人受傷，比 2007 年維吉尼亞理工大學屠殺案，慘案有 32 人喪生，更令人難以想像（作者曾撰文報導此事，刊登在勞工之友）。

這些殺人的案子，不能夠祇是調查凶手是屬於哪一個組織或是爲何殺人的政治解說。

這種大規模的屠殺，殺人，都是凶手有太多的憎恨，不滿攻擊性所致。

這是跟希特勒興起的煽動衆人罪有類似的心理因素。

社會上有太多的不滿，攻擊性，憎恨，祇要有人呼籲，就有不少信徒相隨，這就是恐怖分子和希特勒的可怕性，也是爲什麼德國鑒于希特勒的罪行后，制定的煽動民衆罪 Volksverhetzung 。

臺灣和外省人的衝突，若是白熱化后，會產生人命的悲劇，是指日可待。希望我們能認清它的可怕性，不可小看，而能夠杜漸防微。13.6.16.

Croy 和 Windmonster

我們談到 Croy 和 Windmonster。

他說 Croy 的 Windmonster 不要在 Schweckhausen 搭蓋，應該在他住的 Muenster 那裏蓋。

若是他說，那邊沒有 Wind，怎麼好搭蓋大風車的話，要回答他：

「你可以自己造Wind，（在此德文做放屁來解釋，此字有不同的用意）還可以點燃起來發出火光來燃燒，比發電要高明。」29.6.16

你丈夫爲什麼禿頭？

有人問A太太：

「你丈夫爲什麼禿頭？」

「你想知道？」

「當然。」

「這是我給他拔掉的。」

「你怎麼能夠這樣的做？是處罰他有女朋友？」

「正是。」

「可是他哪來那麼多的女友！」

「他愛漂亮是事實，有一些女友也是我經歷過的，他開始長白髮時，還不自量力，要求我將它一根根的拔掉。他每長一根白髮，就要我拔掉一根。我拔時，心中邊喊：沾花惹草，去你的，才有力氣拔掉他頭上的野花野草。他的亂找女友，使得荷爾蒙不調，沒有多久，頭上的頭髮很快變白，自動脫落。這是上天憐憫我，處罰他沾花惹草，自找麻煩的報應。」29.6.16

爲什麼那麼的貴？

有人問 LH 櫃檯：

「爲什麼今天從慕尼黑飛往法蘭克福要一萬歐元，那麼的貴？」

「這是今天的價格。」

「那麼誰會花錢來買票搭乘？沒有人會這麼的笨。」

「所以嘛，今天反正飛行員罷工，沒有顧客搭乘一點關係也沒有。」29.6.16

對和芳名字的解說

我們下午躺在搖床上聊天。

他說我的名字內的「芳」字，是花的意思，和芳就是 Frieden Blumen 和平的花。

我說，芳字還可以解釋爲芬芳，它還有草的意思，這對德國綠黨來說，提倡和平的話，是不大適合。因爲綠黨表面是維護植物，提倡和平相處，而實際上，是要取得政權，做左派的化身，要來充公別人的錢。綠黨講和平都是口是心非。他們的這種作風可以說是濫用和平這個字，把和平扭曲了，變成臭和平。

他說那麼和芳延伸的意思就變成，和平放屁，這是當你放屁的時候的稱呼了。

我說，你這人倒會來趁機挖苦我。

他回答，他不曾聞到過我放屁，因爲他的鼻子朝天高翹。

我說，你這樣說鼻子高高在上，是故意瞧不起人。你的名字 Stefan、後面也是發「芳」的音，也是 stinkt，也是放屁發臭，那麼該輪到我把鼻子高高的往上翹起來了。29.6.16

兩條魚的對話

海中兩條魚的對話。

A. 你爲什麼這樣仰頭自得。

B. 我看出了，我們所在的地方是地球的中央，我們是最了不起的魚了，我們是地球的中央，也是宇宙的中央。你不引以自得？

A. 你怎麼知道的？

B. 這還用多想？你還懷疑些什麼？每一個人都是以自我爲中心的來看世界。爲什麼我們魚類不能夠如此！30.6.16.四

「灰姑娘」的故事

美國老師和台灣老師講「灰姑娘」的故事，竟然有 這樣的差異…太驚人了！請看：

http://www.cmoney.tw/notes/note-detail.aspx?nid=12830

這篇文可給當老師，當父母的一個教育孩子的參考。

由這個故事講灰姑娘引起兩個不同人們反應聯想的小故事：

1.7.16.

原來如此

小麗看到鞋店擺出在架子上的鞋子，都是衹有一隻，她問母親：「爲什麼這些鞋子都衹有一隻？」

母親回答：「這是怕人把鞋子偷走，一隻鞋子被偷走，沒有用處，這是爲什麼鞋店衹放一隻鞋子在外面的原因。」

小麗很不服氣母親的解說，這時一個店員很會哄小孩就說：「你聽過灰姑娘的故事？」

「聽過。那位小女孩在王子那裏丟落了一隻鞋。」

「沒錯，這是這裏爲什麼衹有一隻鞋，這是指誰買我們鞋子的人，都能夠遇到一位夢中王子。」

「媽媽，我要在這裏買鞋子。」小麗喊道。1.7.16.

女孩的絕望

一個女孩對著好幾隻單隻的鞋子絕望的發呆。

母親看到她的這種絕望的神情問她：「這又是怎麼一回事？」

她回答：「我以前讀了灰姑娘的故事，深信不疑，就買了三雙漂亮的高跟鞋，將一隻寄給英國王子，一隻寄給荷蘭王子，一隻寄給瑞典王子，可是他們全看到了我寄過去的一隻高跟鞋鞋子，卻無動於衷，一點反應都沒有，沒有過來找我，向我求婚。」1.7.16.

你爲什麼心情不好？

因為世界是壞的。

因為這不讓我開心。

因為我習慣於消極的想法。

因為我超重，所以一切對我來說都很困難。

因為我每天都在變老。

因為我的父母總是怪我。

因為我在學校成績不好。

由於我不喜歡和鄰居一起玩。

因為我不如班級代表那麼漂亮。

因為馬克斯的成績比我高。

因為我唱歌不好。

因為鄰居總是說話聲音很大。

因為我經常嘲笑奧托。

因為我的家庭不如亞歷克斯的家庭有錢。

自從我購買樂透彩票以來，從未獲得過大獎。

世界不公平，有錢人繼續致富，窮人變得更窮。

世界是一片混亂，我們無法在任何地方找到和平。

我年紀越來越大，為什麼我不能像上帝一樣年輕而永生。

不管我做什麼，人們總是怪我。

為什麼我總是必須為自己辯護。

為什麼夏天這麼熱，冬天這麼冷。

為什麼我不能做我想做的隨心所欲。

為什麼我不是女人，卻被指控是強姦犯。

為什麼我必須患有抑鬱症？

為什麼我有這種疾病，其他人很健康。

這個世界是亂糟糟一團，都是事與願違。若是我能以鳥兒的身份出生並自由地飛翔有多好，並且不需要申請簽證，也無需繳稅。30.6.16./13.7.16。

面面觀：從洗碗到百萬富翁

我知道一位同是洗碗和百萬富翁。

你這句話是什麼意思？

每次進餐後，百萬富翁都會用舌頭舔洗他的盤子。4.7.16。

什麼都有好的一面和壞的一面

A：什麼都有好的一面和壞的一面，我們不能夠期待祇有好處，沒有壞處。

B：對的，不管什麼看來是壞的，也都會有好的一面。

C：這點我未必認同，這跟瞎子說，他不用買眼鏡，禿頭說，他不用去理髮店，上斷頭臺的人說，很好，他以後不用為戴帽子操心一樣。這些是自我安慰，令人堪憐，可是這些不是好處，而是自欺欺人的自我安慰。當然有些是如塞翁失馬，焉知非福，塞翁得馬，焉知非禍。許多事情要看情況的轉移來定奪了。我相信物極必反的道理，這跟宇宙的現象類似，最亮的太陽，也會下山，被黑暗代替。有光的地方，就會有影子。30.7.16

你的半露背的上衣

上午每當他從我背後走過時，會過來吻過我背脊，我感覺很奇怪。

他說：「你的半露背的上衣，好性感，所有的男人都會排隊來吻你的後背。」

這句話逗得我笑了，我說：「哪裏會有所有的男人，衹有你一人。」

他說：「這是因為你不出門的緣故，你一出門，一定有一大堆男人跟著你的背後走。」

我心想，難道這是贊美？這代表我的前面沒有誘人之處，而是背後穿著半裸體的衣服，它跟平常的穿著有異，才引起他的注意，說這句贊美的話。

男人評論女人真奇怪。

這件上衣，是藍白顏色的短衫，一點不顯眼，我買了總有十幾年，從來沒有穿過。

今天的天氣很熱，我就不得不找一件透風的衣服，就穿上了它，沒有想到竟然會引起他的注意起來。

換言之，生活需要有變化，再美好的女子，也會憔悴凋零，再好的房子設備，久了就不感覺它的好處，處在平淡的日子，會嫌單調，再好的菜餚，每天都吃它，會使人生厭。

喜新厭舊是一般人的天性。兩人相處久了，不能夠怪對方不珍惜，要能夠有些變化和情調，就跟菜餚要換上不同的色彩佐料，才能夠吸引人一樣。

記得上臺大外文系時，一位教莎士比亞戲劇的神父說：「男人贊美女人的內在美，不要以爲衹要有內在美就夠了，還要打扮一下，男女才能和諧相處。」

他是男人，雖然是位神父，但是洞解男人的心理，才會向女同學建議這樣的話。30.7.16

來回機票

小李在旅行社，要買去巴黎的機票。

旅行社小美問：「你哪天擬到巴黎？」

「五月三日。」

「那天回來？」

「還不知道。」

「這一定要填。」

「也許我就住在巴黎不回來了。」

「那麼隨便說一天。」

「爲什麼？」

「因爲來回機票比單程票還便宜。」

「差多少？」

「單程票五萬，來回機票四萬。」

「哪裏有這種話，難道我不去巴黎就要付六萬！」

小美竊竊的笑。

小李問：「你笑什麼？」

小美：「你會胡謅。」

小李：「天下就有這樣的事。」

小美：「你講給我聽聽。」

小李：「以前在蘇聯有兩位被關的人對語，A 說，我偷竊被判兩年。B 說，我無罪還被判 5 年徒刑。A 反駁：你說錯了，無罪的判刑是被判 7 年徒刑。你們這種單程雙程機票的價格荒唐，就跟我說不去巴黎要付六萬一樣。」4.8.16.四

最不受歡迎的人是誰？

最不受歡迎的人是誰？

答案：說真相的人。

那是說真話，真理話的人。他們披露出人性弱點，陰謀的運作。但是他們對了解人性，非常的重要。6.8.16.

你爲什麼對我懷有敵意？

自從你幫助我以後，這樣損害了我的自信心，從那時起，我就討厭所有有錢的人。7.8.16.

浮士德跟魔鬼的協定

現代的浮士德要到巴黎開會，可是在巴黎機場的旅館全部爆滿，很是失望。

他跟魔鬼有約，協定好，他給魔鬼靈魂，他有願望，魔鬼一定能夠幫忙他做到。

他要求魔鬼讓他在機場有旅館居住，因爲那裏有國際會議廳。

魔鬼一變法，突然有 120 旅館空位出現。

他問魔鬼，爲什麼如此多的房間？

魔鬼回答，他讓來開會搭乘飛機，住這旅館的學人，全飛機失事，就空下那麼多的位置。

浮士德說：這樣做也未免太過分了。8.9.16

父親上吊

A：真難以想像，我的一個朋友，在婚禮前一天，他的父親上吊，那真是一場悲劇。

B：我的也吊了，在我的婚禮那天。

A：什麼，難道你的爸爸也上吊？

B：那是在我婚禮那天，我的電腦當吊了。8.9.16。

受到起訴

有一個人在受到賄賂後，害怕追蹤，害怕受到起訴，就把錢，用他妻子的名義存在銀行。

這樣他可以否認他接受賄賂。

可是他的妻子卻受到起訴。

這是什麼原因？這怎麼可以？

原來他的妻子得到這筆款後，就把他殺死了。這是她受到起訴的原因。12.9.16

爲什麼離婚時都指責對方？

離婚意味著夫妻雙方的婚姻失敗。對兩者來說都是痛苦的。如果加上又是自己有罪過導致離婚的話，那更是難以忍受。這是每個人的自衛本能，方式，麻木手段和安慰，至少對方應為失敗的婚姻負責。12.9.16.

太複雜，太簡單

A：這個世界很容易改善，我們祇要往好的方面想，以微笑和仁慈來對待他人，這樣這個世界一定會成爲一個天下爲公的樂園。

B：這種想法太簡單，治理世界太複雜，不是一兩個原則可以解決這麼複雜的事。

過了一年後，A 又遇到 B，A 卻是愁眉苦臉。

A：這個世界的人太可惡了，我要爲他們好，對他們微笑，他們一點不領情，看我好欺負，把我的錢全騙走了，說是去做好事，而卻拿它去嫖妓賭博全部用掉了，最後我連每日三餐都成問題，我想祇有自殺一途，最簡單可行。

B：人生人性很複雜，即使要自殺也很複雜，這不是一種簡單的解決問題方法。23.9.16

德國電視訪問節目

記者：你贊成什麼？

A：凡是好的我都贊成。

記者：你能夠不能夠具體說幾個例子？

A：好的就是好，若是我祇是舉一個或幾個例子，那麼對別的好的就不公平。

記者：你反對什麼？

B：我反對所有壞的。

記者：你能夠不能夠具體說幾個例子？

B：我反對有錢人，反對政治家，反對外國人，尤其是那些不做事的黑人，還有我反對記者，他們衹是不做事，卻會到處開口胡說八道。

****

記者：方才的節目，你不住的拍手，你很贊成我們貴賓所發表的意見。

C：贊成，贊成。

記者：你贊成什麼？

C：我贊成他們所發表的意見。

記者：他們發表不同，而且相反的意見。你贊成什麼？

C：我坐在後面，什麼都沒有聽懂，我看到別人拍手，我就跟著拍手，難道這也不對？

****

記者問一位逃難的人：你是從敘利亞逃難過來的？

D：是的。

記者：你叫什麼名字？

D：我的護照丟了，我不知道我的名字。

記者：這跟護照不相干，你至少應該知道你是誰。

D：護照是一個人的代表，既然我沒有護照，就說明，我沒有名字，你也不知道我是誰，我聽一些人說，德國人比我們聰明，所以他們有錢。爲什麼你不知道我是誰，那麼憑什麼我要比你聰明，知道我是誰。2.10.16.

他找到了古董桌椅櫃的修整專人

他今早四點起床，到樓下工作室，開燈後，裡面一隻鳥驚慌失措的亂飛。

他急忙關上門，以免牠飛到樓梯內，那裏太高，沒法趕走牠。

他把電燈熄掉，把外面門窗大打開，只把書桌的燈打開，這時那隻鳥飛了出去。

他記載昨天的日錄後上來，找巴黎的 Ebenist 古董桌椅櫃的修整專人，有好多的專人，他很高興，過來叫我過去看。

這些工作人員辦事認真，兢兢業業，抽他們那麼重的稅，是減損他們的動機，動力，對整個國家社會的繁榮有損無益。

怪不得法國調整了稅制，從明年起，取消有錢人額外徵收 75% 的稅。

而且調整了一些社會制度。

歐洲的稅制一定要調整過來，否則企業會一步步的被阿拉伯等外國人購買過去。8.10.14.

類似的心性：你爲什麼在網路上罵 Rubinstein？

A.　你爲什麼在網路上罵 Rubinstein？

B.　你說的是誰啊？

A.　是那個鋼琴家 Rubinstein。

B.　原來是他？這還不簡單，因爲我不會彈鋼琴。

A.　那你哪裏有資格批評他？

B.　這是因爲有人罵我對牛彈琴。等於罵我是牛，所以我恨所有會彈琴的人，他們會彈琴，就自認了不起。我不會彈琴，但是我會寫文，所以我在網路上罵 Rubinstein。13.10.16

有錢人越來越有錢

記者問 Pykatty：你爲什麼寫書說，有錢人越來越有錢。

P：這還不簡單，他們是資本家，資本家都不做事，祇靠錢來滾錢。當然有錢人越來越有錢。

記者：可是事實證明，近幾年來，德國和法國，有錢人越來越少。

P：誰說的？

記者：這是統計出來的。

P：什麼統計？丘吉爾說過：我祇是相信自己的統計。

記者：可是事實證明，這幾年存錢沒有利息，你爲什麼寫，利息越來越高？

P：這是一種譏諷，何況物極必反，總會有一天，利息會升高。

記者：按照你所說，你所用的技巧，都是你用來巧辯，可以說你是一個煽動家？

P：你這樣的來指責我，真理到了哪裏去？我一定要告你毀謗罪，我們在法院再見面。

抽高稅的原因

A.　你在網路上一直鼓吹抽高稅，爲什麼？

B.　因爲有錢人都是壞蛋。

A.　你憑什麼這樣說？

B.　聖經上就說了，有錢人進天堂，比駱駝穿過針眼還困難。

A.　這是翻譯「針眼」一字的錯誤，那是指一個城門。

B.　你別來跟我擡杠。不管怎樣，我對有錢人沒有好印象，他們都是欺詐壓迫給他們工作的人，否則怎麼會有錢。

A.　Bill Gates 欺詐壓迫了你什麼？

B.　但是他那麼有錢，他應該將他的錢，全部分給窮人。

A.　什麼窮人？

B.　非洲的窮人。

A.　他爲非洲的窮人做了好多事，研究如何治療一些還沒有藥物的疾病，給非洲人藥物治療瘧疾，因爲每年好幾十萬人死于此病。而你呢？你比非洲的窮人有錢多了，爲什麼不捐款給他們。

B. 你來管我做什麼？

A. 因爲你的謾罵不當。你這麼的罵人，衹是出於妒忌，而卻拿公平、正義做藉口。你自己想要富有，每次買獎卷，卻中不了獎卷。這種僥倖心理才是不勞而獲，而你會罵有錢人不勞而獲。你別以爲你的口號叫的響亮，就是有道理。

B. 你敢批評我？你是社會人民的敵人。我要告你到法院。

13.10.16

好倒楣

AB 兩人討論，成功是靠努力還是運氣。

A. 俾斯麥說，成功是靠人格，它決定一個人的命運，沒有僥倖可言。

B. 哪有這種事？成功是靠運氣，失敗是倒霉。

A. 我不覺得，我遇到一些成功的人，都是靠努力，在奧運中，沒有人能夠不經過訓練，不經過磨練取得到金牌。

B. 我卻認識一個運動家，他好倒霉，到要去參加世運時，發生車禍死亡。

A. 當然有時候遇到天災人禍，這是難免的事，所以成功不衹是要有人格，還要有天時、地利、人和的相互作用才行。

B.　那你爲什麼拿俾斯麥說，成功是靠人格來跟我擡杠。

A.　我是講在一般情況下，要靠人格，如幫助人，長性，耐性，不屈不撓。

B.　我也有這種人格，我路見不平，拔刀相助，卻被關進監牢。我看到有人欺負別人，我過去幫忙，捲入毆打之中，被關進監牢。我恨有錢人的欺壓窮人，我去行正義，闖入有錢人家，去搶劫，要將得到的錢財，效法梁山泊的好漢，濟弱救貧，被警察抓住，又關進監牢。好容易出獄，在一家工廠做事，大老闆欺負我們小辦事員，我給他一個巴掌，來下馬威，卻又被關進監牢。我都具備這些助人，有長性，耐性，不屈不撓的精神，卻是一無所成，這明明是我倒霉，命中注定我不能夠成功，而你卻拿人格來低估我的能力。

A.　這是你觸動法律，人格上就有問題。

B.　你還敢來教訓我，難道你想挨我一拳，進醫院。

A.　這是秀才遇了兵，有理講不清。

B.　你們這群祇會說大話，不會行動的人，是社會的敗類。

說完 B 給 A 一拳，果然 A 進了醫院，B 又招到監禁。15.10.16

我的氣，往哪裏發泄？

A 是一位很能幹的醫生，也是大學泌尿科的教授。他診所助手 B，對她的雇主老闆 A 十分的尊重。

A 家很有錢，他又很出名，有些病人去私人看病，要付費，心理很不舒服。

有次有一位病人 C 向 B 申訴，他多麼不滿意 A。

他說：「A 衹會賺錢，不管病人，我看到他診所有那麼多人在等候，心中就是一肚子的火氣。他一天能夠賺多少的錢？！好容易輪到我了，他并不細心的聽我講述，就開藥方，然後我得要付高的診費，多麼的氣人。」

B 回答：「是的，這是 A 教授事先看過了你的病歷，知道你的病情。教授非常的忙碌，從早忙到晚，有時醫院有急症病人，或是他要給病人開刀，手術進行複雜，會一連好幾個小時都沒有時間喝一杯咖啡，希望你能夠諒解。但是他很認真，絕對不馬虎，沒有怠慢過你。」

C 抱怨半天，不得要領的說：「那麼我這一肚子的氣，往哪裏去發泄？」

B 回答：「我奉勸你去看心理醫生。」

C 很生氣的怒吼：「你們衹會把我當作病人看待，不管我的怨氣，看心理病人又得要花錢，我的這股怨氣，可以往哪裏發泄？這個世界太不公平，貧富不均，這是我要搞革命的理由！」17.10.16

找不到我以前寫的洛可斐洛傳記

接到瑞明寄來的一篇有關 Rockefeller 辦協和醫院的經過。

使我想起，以前我曾經寫過一篇有關洛可斐洛的傳記，寫他從小學起，因爲家庭貧窮，穿著破爛，不准許參加小學畢業的班上合照，因爲他的穿著太寒酸。

可是我記不得這篇中文傳記的題目。

找了許久，不得要領。

祇是找到一個「電視中不時播放出這樣的節目」27.7.15 的文件名字，沒有內容。

不過找到了一些以前寫別的認識人的傳記，將它們串聯起來。

這個工作，從半夜近 12 點開始串聯，到寫 1 點半，才上床。17.10.16.一

效果不同

A 是一位祇顧自己的人，什麼都以自己爲出發點。他有錢，穿著整齊，看到別人邋遢，就看不順眼。

有次一位 30 年前的大學同班校友 B 來到他家，看到他家有傭人打掃，A 祇是在指示那人工作，自己什麼都不動手，得意洋洋，B 起反感，就說：「每個人都是平等，你這樣的指使人，祇是做一些家事，太麻煩，試想，每天有人來到你家，難道你不嫌煩？」

A 回答：「我工作一輩子，賺了錢，爲什麼不能夠請人來爲我做家中的瑣事。祇有這樣，我才能夠有時間來過悠閑享受的日子。」

這句話 B 聽了很不受用。

過了一年，B 拜訪老同學 C，C 家裏也是有傭人在打掃。

B 因爲自己家沒有傭人，一切都要由他自己來做，他看到 C 家的傭人在工作，就又說出同樣的話：「每個人都是平等，你這樣的指使人，祇是做一些家事，太麻煩，試想，每天有人來到你家，難道你不嫌煩？」

C 很圓滑的說：「我也不喜歡有人來到家裏，真是纍贅。可是試想，我們都老了，有一天你要是病在床上，也是得忍受別人來到你家裏，看顧你，替你做雜事。我身體不好，祇得請人來幫忙。這些花費，還要從別處省下來，而且家中又有人隨時進出，是很不適意，可是有什麼辦法。」

B 一聽很受用，就帶著憐憫又得意的口吻說：「所以嘛，身體最重要了，這是我每天運動的結果，你要學著我，多照顧自己的身體。」17.10.16.一

你爲什麼離婚 5 次？

A：你爲什麼離婚 5 次，又結婚？

B：因爲我不相信女人都是那麼的糟，我還有希望，能夠找到一位理想中的伴侶。

A：那你對現在的妻子滿意了？

B：根本談不上滿意，昨天我們大打出手，我祇好又宣告跟她離婚。

A：爲什麼？

B：因爲她老以爲她有理。她是看上我的錢，而跟我結婚。在結婚前，她發誓，說她祇是愛我，不要我的錢。但是她卻偷偷的去找別的男子偷情。當我得知此事，兩人吵起來了。她說，這是男女公平的世界，我有別的女朋友，爲什麼她就不能夠找別的男人。我給她一個耳光，她回我一個耳光，她對我說同樣的話，男女平等。我氣壞了，說那麼我們離婚。而她索五百萬美金的遣散費，否則她不離婚。

A：你答應了？

B：沒有，我說男女平等，她給我 5 百萬的話，我也就給她五百萬。

A：她答應了？

B：她哪裏有這五百萬。她一輩子沒有做過事，哪裏有這筆錢，她連一萬美金都沒有，她就是看上我的錢，才跟我結婚。

A：那你打算怎麼辦？

B：跟她吊著，她不付給我離婚費，我也不付給她。哪裏有她可以唱著男女平等，到離婚時，男女就不平等，我受到不公平的待遇：她净賺 5 百萬，我賠償 5 百萬。我在前五次離婚，每一位妻子，我都得賠上三百萬的離婚金給對方。這次以爲第六任妻子是祇愛我，不計較錢的人，哪知道她紅杏出墻，她開的口比前面的女人還大。這樣我徹底明白了過來，女人都是爛貨，我再也不要做又來離婚，再跟別的女人結婚上當的事。　20.10.16.四

爲什麼你能夠活的那麼長？

一位儉省的億萬富翁活到 120 歲時，記者訪問他，詢問他，向他請教長壽的秘訣。

他說：因爲我不願意爲死亡花一筆葬禮的費用。死亡是一種損失，還要花錢去買棺材，太不值得，我不願意在死亡上投資，所以盡量往後拖。24.10.16.一

有名和無名的國王

我們談到 Friederich 大帝。

他說 Friederich 大帝在衣服上挂的都是一個黑色的老鷹。

其中有一幅畫，他拿了一個在戰爭中，被死亡的軍士拿的有黑老鷹標記的旗幟，一個人走下馬，在前綫繼續奮鬥，別的軍士受到感動，見到國王不畏死亡，領頭戰爭，就受到感動，本來是一場多半會戰敗的戰爭，卻轉敗爲勝。

我說，這樣的國王能夠留下英明。別的國王，會默默無名。

舉例來說？

他回答：既然默默無名，我怎麼會知道他們的名字。25.10.16.

都是相連

醫生問 A

「你什麼時候開始耳鳴？」

「那是在三年前，聽到一個爆炸聲音，之後耳鳴。」

「這是耳朵受到震蕩，心裏受到震驚有關聯。」

A：那我該怎麼辦？

醫生：這是耳朵受到震蕩，耳膜受到損傷，加上心裏的恐懼，又是日久天長的三年，很難治療。

A：這麼說，我衹好認命，跟耳鳴爲伍了。

醫生：反正耳鳴不要緊，是小事，你能夠習慣就好。

A：你說的簡單，你要是三年有耳鳴，你還會有心情給病人看病？

醫生：我自己跟耳鳴爲伍已經有五年了。

A 怪不得，你對病人這麼的沒有耐心，不好好的檢查，就要我習慣了事。

醫生：你自己耳鳴，卻來怪醫生沒有耐心。

A：你自己都治不好你的耳鳴，而我來仰仗你，真是找錯了人。

醫生：我不跟你多囉嗦，你去找耳鼻喉醫生算了。

****

病人 B 去看同一個醫生。

B：我夜裏每夜都要起來上廁所小解三次。

醫生：有多久了？

「兩年，這是從我有一次喝啤酒之故。」

醫生：「這兩件事情不相關。」

B：誰說不相關，我就是自從那晚看到啤酒有許多的泡沫，喝了啤酒后，晚上開始夜尿，而且小解時滴滴答答不順暢。

醫生看了一下B的病例年紀71歲，隨即跟他說：這是你的前列腺有問題，你要去看泌尿科醫生。

醫生見B離開，鬆了一口氣，因爲他正好也有夜尿的問題。

****

這時病人C進入同一個醫生的診室。

醫生：你有什麼不適？

C：自從上次吃了你給我開的止痛藥后，我的胃部就不舒服。

醫生：這兩件事情不相干。

C：怎麼不相關，藥物會傷胃，傷肝，這跟我胃部的燒熱感息息相關。而且我還有高血壓，請醫生再給我繼續開降血壓的藥。

醫生又開了降壓藥。

C：我要服多久的降壓藥？

醫生：一輩子。

C：要服一輩子的藥，這麼久？

醫生：你服了這些藥物后，你的一輩子反正就沒有多長了。

26.10.16.

以前不准火葬

以前歐洲的天主教徒不准火化。

火葬是近代不信天主教的人。

有人提出疑問：爲什麼以前歐洲宗教迫害時將罪犯活活燒死？

一位人員回答：因爲死人不准火葬，所以宗教罪犯袛能夠活活的被燒死，把骨灰丟入垃圾。這是一種最嚴重的處分—焚屍滅跡。所以不瞭解，爲什麼近代人，心甘情願的火葬來滅跡。30.10.16

遊艇遇到大風暴

一艘游艇遇到風暴。

船長看風暴的狀況，在剛起風時對厨子說：

午飯準備 300 塊豬排，200 塊牛排。

風暴加劇，船長說，200 塊豬排，100 塊牛排。

風暴又更厲害，船長又改，100 塊豬排，50 塊牛排.

快到午餐時，船長說，看情形 50 塊豬排，25 塊牛排就夠了。

到午餐時刻，沒有乘客來餐廳喫飯，每個都在船內的客艙内，因爲風浪，胃不斷的翻騰，在客艙内大吐，躺在床上，根本沒有胃口。30.10.16

有人中獎一百萬

有人中獎一百萬，非常高興。

另外一個人，買了十年獎卷，沒有中過一次獎。

當他看到他的朋友中獎一百萬，很高興的對人說時，他說句風涼話：「這年頭中獎有什麼好，我高興我沒有中獎，得到這筆意外之財，可能還會受到意外之災，算了，免了免了。試想，這筆錢，存在銀行，得付負利息，還會被抽稅，有什麼好處？我慶幸我沒有中獎。」31.10.16.一

看天色

今天外面烏雲密佈，不但天色暗淡，還陰雨綿綿。

我說：「周三是你的生日，希望天氣變好，我們可以出外喫飯。」
「很難說，要是天氣不好的話，就留在家裏。」

我說：「還有兩天，我想，周三天氣會好的，若是不好，家中也會有很多的食品，可以烤鷄腿來喫。」

他說：「不慶祝生日也無妨，我就不過生日，那麼我也就不必增加一歲，而年輕一歲。」31.10.16.

有人問醫生

病人：爲什麼我看東西都是搖搖晃晃的複視。

醫生：從什麼時候起？

病人：從今天下午起，我午飯到餐廳內，喝了一瓶酒，還嫌不過癮，又到酒店內買了一瓶酒，大喝一頓，之後就有這種現象，所以經過這裏趕快來就醫。

醫生：那還要問，這是你喝醉的結果。 11.11.16.

兒子和父親

兒子看到父親病重，得知，父親生病，由保險公司付，父親生的話，可以拿到退休金，此錢可由兒子去領取和應用。而父親死亡，卻得由他付埋葬費。

兒子跟醫生說：「您可要好好的保全我父親的生命，雖然他病重，他有一口氣，就要盡全力去營救他。」

後來這兒子得知，父親有一筆很大的存款，即使十年的退休金，也抵不上這筆遺產。他新認識一位小姐，預備遺棄髮妻，另娶新歡，需要一筆財產顯濶，他又跑到醫生那裏去游說：「醫生，您看我父親生病多可憐，受了不少的罪，我真是不忍心看他這樣的受罪，他這樣的苟延殘喘，失去人性尊嚴。他的病，反正無葯可救，不必浪費社會資源，請您早點以安樂死來解救他出苦海吧！」12.11.14.

Anhänger，拖車，追隨者

政治家需要追隨者。一個政客失去了他的追隨者，然後他才買了一輛拖車，這樣他總是有一輛拖車。從那時起，當他開車時，他總是很滿意。如果他對任何事情感到生氣，他仍然可以責罵他的拖車，並踢。與以前不同，他不必聽從他的追隨者的哀嘆和怨言。他現在有一個非常紮實的追隨者，那是那個拖車，這真是太好了，他不需要恭維。跟隨者的拖車，總是由他使喚，耐心，有用，並且不提出抗議。9.12.16。

瘋人院的醫生

一個新的瘋人院的醫生與一個瘋子爭吵了幾個小時，沒有結果，因為瘋子不肯接受，他不是拿破崙。

拿破崙很早就去世了，你怎麼可能是拿破崙，這位年輕的醫生與他討論，卻無濟於事。

不能和瘋子爭論。

在世界上，當自信、主義、宗教不同，而來討論、辯論、爭論、開悟、都是浪費唇舌，無濟於事。9.12.16。

AB兩人對話

A：有一本書正是為你寫的。

B：很得意的問：那是哪一本書？描寫我的什麼性格？

A：Hoffnungslos 無可救藥

****

A：你到過西班牙？

B：到過。

A：那裡的 Flamenco 舞蹈真好。最引人入勝的是鬥牛。

B：我可不認為，我最不喜歡看鬥牛。

A：你看過鬥牛？

B：小時候十歲左右看過。

A：小孩不懂事，怪不得你不喜歡。

B：不是，那還是我小時候在台灣的時候，我去我阿姨家，我叔叔是在糖廠工作，那是在夏天，糖廠放映一個鬥牛的影片，那天我發燒，在廣場上，人難受極了，又看到野牛的狂奔，好難受。因此我厭惡鬥牛。

****

A：你喜不喜歡莎士比亞的羅密歐和朱麗葉？

B：不喜歡。

A：為什麼？

B：因為我看這電影時瀉肚，老跑廁所。

國家圖書館出版品預行編目資料

拾穗的人生──諷刺幽默反思／虞和芳　著

臺中市：天空數位圖書　2020.01

面：14.8X21 公分

ISBN：978-957-9119-66-5（平裝）

863.55　　108023378

發 行 人：蔡秀美

出 版 者：天空數位圖書有限公司

作　　者：虞和芳

版面編輯：採編組

美工設計：設計組

出版日期：2020 年 1 月（初版）

銀行名稱：合作金庫銀行南台中分行

銀行帳戶：天空數位圖書有限公司

銀行帳號：006-1070717811498

郵政帳戶：天空數位圖書有限公司

劃撥帳號：22670142

定　　價：新台幣 460 元整

電子書發明專利第 I 306564 號

※如有缺頁、破損等請寄回更換

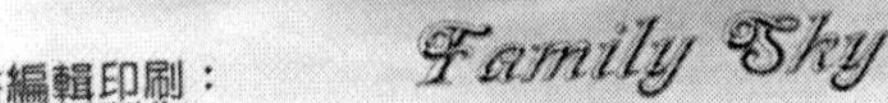

紙本書編輯印刷：
電子書編輯製作：
天空數位圖書公司 E-mail：familysky@familysky.com.tw　http://www.familysky.com.tw/
地址：40255台中市南區忠明南路787號30F國王大樓　Tel：04-22623893　Fax：04-22623863